三民叢刊 292

下一站，天堂

——公車劫持事件簿

紫石作坊 主編

三民書局 印行

一輛公車被劫持了！

一輛公車無預警地被劫持了！劫持者宣稱炸彈在某個乘客的座位底下。他手持引爆器，不說明劫持的動機，只是不斷告訴司機往前開。他宣稱倘若乘客不聽話、市長不在他的要求下出現，那麼炸彈即將引爆，全車同歸於盡。

在倒數計時的十秒鐘裡，生命如倒轉的影片般迅速地在腦海中播放。那些曾經多麼在乎的愛情的甜蜜；那些親人之間無可避免的疏離；那些友誼之中總以為還有時間能慢慢釐清的曖昧，如今，在死亡的面前，一切都灰飛煙滅了。

你從哪裡來？你要去哪裡？你明天的計畫是什麼？當你的人生只剩下最後的十秒鐘，你在乎的是什麼？也許只有搭上這樣的一輛公車時，面對命運的荒誕和詭異，我們才會認真地省思人生的價值，珍惜生活的意義。

當時間挾持了我們，給出命運之外的線索，某些馬達失靈的人生，正從此展開。

下一站，天堂——公車劫持事件簿

一輛公車被劫持了！

目次

天生賤骨頭

天・生・賤・骨・頭！

這五個字，

讓我胃部翻攪、天旋地轉起來，

我抱著馬桶，

試圖把如影隨形的詛咒跟委屈

全都給一吐為快。

谷淑娟

TOP sales不是浪得虛名的，為了讓客戶開心，即使是尾牙，我仍毫不含糊地施展渾身解數討好客戶，無論是海尼根、可樂娜或是麒麟啤酒，只要是客戶遞到我面前的，我一概眼一閉、牙一咬，全都給吞下肚裡去。

所求無他，只要將來我有求於客戶的時候，他們也能這麼乾脆的，一口答應。

我，陳葳葳之所以在業界這麼快打響名號，靠的不只是出眾的美貌，而是毫不扭捏、專業有料、敢做敢當的態度。

「黃董，葳葳廢話不多說，這一杯，我跟您乾了！」

「黃董，這一杯，應該我跟你乾才對，謝謝你多年來的照顧。」唐走過來，奪下我手上的酒杯，仰起頭來，一飲而盡。

「不要再喝了，這是尾牙，又不是標案，不用那麼拚命。」他推推我，示意要我去廁所避避風頭。

其實，以我的酒量，再來個「半手」應該都不成問題。但，唐的體貼，我不忍心拒絕。順著他的好意，我終於能坐上馬桶，稍做休息。

突然，幾個高跟鞋踢踢踏踏、以十萬火急的聲響衝進廁所裡。正在想是否不該佔著毛坑不拉屎，要把位置留給更需要的人時，這班敢死部隊，卻非常大聲地在門外竊竊私語起來。

「真噁心，那個女人又在那邊裝模作樣了。」這把聲音很熟悉，應該是人事部門的Ａ女。

原來，醉翁之意不在酒。廁所是身體解放最有效的殿堂，也是八卦產量最高的地方。

「拜託！明明很能喝，還裝作一副很柔弱的模樣。」聽得出來，Ｂ女非常贊同Ａ女的觀點。

Ｃ女熱烈地回應：「還不就是要引起他們家經理注意，看她可憐又賣力，趕快出來解救她。」

「哼！那種長相，自以為漂亮，一看就知道是隻狐狸精。」說話的，應該是A女。

「人家在上海工作的未婚妻，年底就要飛回臺灣舉行婚禮了；真不知道她在動什麼歪腦筋？」B女說。

「天生賤骨頭嘛！」終於，ABC女大和鳴。

天‧生‧賤‧骨‧頭！這五個字，讓我胃部翻攪、天旋地轉起來，我抱著馬桶，試圖把如影隨形的詛咒跟委屈全都給一吐為快。

「妳女兒是天生的賤骨頭，如果不朝著我為她指點的方向努力，她的未來只有兩條路可以走，一，有實無名、做人細姨；二，奪人所愛，一生背負狐狸精的罪名……」

自從某年某月的某一天，被媽咪帶去據說很準的摸骨仙那裡，被全身上下摸個夠後，「天生賤骨頭」，彷彿就成了我人生的座右銘。

母親為了怕我走上那兩條不歸路，甚至將摸骨仙當天所說的一言一語，拷貝成多捲錄音帶，起床的時候當鬧鐘播，入睡的時候當催眠曲放。

十八歲生日的那一天早晨，當「妳女兒是天生的賤骨頭……」又在我耳邊響起時，我終於忍無可忍地，將摸骨仙的警言醒語跟著錄音機，在牆上摔個稀巴爛。

母親哭哭啼啼地蹲在地上收拾殘局：「妳也知道媽在怕什麼，當年媽是家境不好，才被推入火坑當小姐。媽這樣拼了老命栽培妳，就是不想我陳阿嬌的女兒，被別人說有其母必有其女，一樣都是天生賤命。」

「除了妳照三餐外加宵夜提醒我外，從來沒有人說過我會歹命。」我也蹲下來幫忙收拾。

「不要太鐵齒，有時候『命』這種東西就是這麼由不得妳。」母親神祕兮兮地說。

其實，跳離火坑後，媽媽一直認認分分地在賣菜做小生意，根本沒有人在竊竊私語些什麼，最在意她過去的人，只有她自己。

為了讓我跟她撇清關係，她甚至逼我搬到遠遠的臺北去找工作。

「要走，妳跟我一起走。」

「我是陪過酒的骯髒人，摸骨仙說，妳離我遠一點，賤骨頭的運勢就不會那麼強硬。」

「妳聽他在放屁，他說妳女兒只要陪他上床，就會大富大貴，妳是不是也會滿口答應！」

「這妳放心，他說這種功德，我來做，就可以回向給妳了。」

「什麼?妳的意思是，妳已經陪他上過床了?」

「唉呀，反正我已經不差這一次啦，只要妳好，一切都是值得的。」

就這樣，我在母親：「沒事少回家!已婚男人別靠近!」的耳提面命下，獨自一人，到臺北去打拼了。

為了不辜負母親的期望，我幾乎不怎麼跟男人單獨來往。儘管業務的工作，難免會受客戶的氣，我也一直秉持打落牙齒和血吞的精神，維持著強悍獨立的形象。我以為，這樣就足以讓我跟狐狸精、細姨命這一類的名詞完完全全地撇清關係，沒想到，人算還是不如天算。

我垂頭喪氣、異常狼狽地走出宴會廳，妝也糊了、表情也散了，活像一隻被一群醜小鴨給鬥敗的大火雞。

「葳葳，妳不要緊吧？」在馬路口，唐扶住搖搖晃晃的我。

我看著眼前這個男人：業務部高大俊挺、既體面又體貼的唐經理，忍不住怨嘆起命運的捉弄，要不是他有婚約在身，他真的是雄性中稀有的品種，值得一個女人把身體跟生命完全交給他的好男人。

「不！不！不！不要碰我！」我甩掉滿腦子不斷湧出的不道德劇情，並且一把將他推開。

「唐經理、葳葳姊，掰掰！」人事部門的ＡＢＣ女剛好目睹我們的牽牽扯扯。

「該死！」我扶著自己在掙扎中扭傷的小腿。

「還說妳酒量好，妳看妳，根本就不行。」唐蹲下來，用他又大又溫柔的雙手討好我腫脹的小腿。

天哪，我只祈求上蒼，不要繼續讓ＡＢＣ女目睹這一幕；喔，另外，也順帶祈求上蒼，唐溫厚的大手，就這樣一直天長地久地放在我的小腿上。

「妳有沒有看見，她今天穿的那件爆大低胸襯衫？」Ａ說。

「妳們在說誰啊？」Ｄ新加入。

「拜託，還有誰，就是那個狐狸精、大賤胚啊。」Ｂ說。

「要現，也不用這麼拙劣嘛。」連最善良的E，原來也是一夥兒的。

「喔，她啊，要不是你們提起，我原本還不想講ㄉㄟ，尾牙那一天，她跟經理拉拉扯扯的，最後還進了他的BMW裡。」C從來沒有缺席過。

「嘖嘖嘖！還要不要臉哪。」ABCDE一起說。

不管我再怎樣努力端正我的行為跟品行，我發現，謠言已經從廁所、茶水間一直蔓延到電梯口了。

漸漸的，我已經從充滿防衛跟武裝，蛻變成充滿無奈跟沮喪。

那天，我與唐雙劍合併，跟客戶聚完餐、從KTV歡唱完，終於到手了一紙非常重大的訂單。

揮別客戶，走出虛情假意後，看著夜空中那一顆堅持閃亮的北極星，我跟唐，就像兩顆充過飽的氣球，不約而同的，長嘆了一口氣。

我們驚覺彼此的默契，相視而笑。

「北極星累不累啊，當別人都應酬完，卸下面具的時候，他還ㄍㄧㄥ在那裡閃個不停。」我很少在工作之外，跟男人聊東扯西的。

但，現在心境不同了，就算不做，人們也會繪聲繪影，還沒牽手就說打啵，還沒做愛就說有身孕了，現在還繼續ㄍㄧㄥ下去，不是太一廂情願了嗎？

「每次看到北極星，我都會想到妳。」唐說，眼睛裡的光彩比天上的星星還要燦爛。

「什麼意思啊？」我裝傻。

「工作上，妳永遠都是那麼賣力，就像北極星一樣，閃啊閃啊、閃個不停。」

「那我覺得，我比較像是閃光燈或是蠟燭之類的東西，因為我總是燃燒自己，照亮公司的訂單跟業績。」我故意對他俏皮地猛眨眼睛。

除了客戶，我很少這麼跟男人一搭一唱的，唐挑起了刮目相看的眉毛。

「閃光燈小姐，要不要一起去喝杯咖啡醒醒酒啊？」儘管公司裡的ＡＢＣＤ

EFG已經把我們兩個傳得沸沸揚揚了，這卻算是他第一次正式地對我邀約。

「好啊。」有何不可，反正在別人口中，我們的進度，早就超前喝一杯咖啡好多好多了。

幾個月過去，公司發布新一波人事升遷消息。唐從經理晉升為協理，我則從襄理升為副理。

ABCDE又在廁所跟茶水間忙進忙出了，現在不用親耳聽見，我已經可以想像，他們的劇情大概又編派到哪裡了，除了賤骨頭、狐狸精之外，應該已經到達姦夫淫婦的標準了吧。

「怎麼樣，一起去喝一杯慶祝吧。」這些日子，唐總是找機會跟我一起單獨慶祝。

「恭喜協理的晉升，也謝謝協理的提拔。同時，慶祝我們兩個人在業務部創造出的輝煌佳績。」我一屁股坐下來，就自導自演，許了自己三杯酒。

唐握住我作勢要狂飲第四杯的手：「慢慢來，不要這麼急嘛。現在我的身分，是妳的朋友，不是妳的客戶、也不是妳的主管。」

我真的，可以跟一個已經有婚約的男人作朋友嗎？不管唐的管控，我把第四杯紅酒當做礦泉水，一飲而盡。

「我覺得，最近的妳變了很多，怎麼說呢？可以說是變得更活潑了，也可以說是變得更消沉了。那種感覺，我不會形容，發生了什麼事，妳可以告訴我嗎？」

沒想到，唐除了是一個體面、體貼的男人外，也是一個觀察入微、心思細密的男人。

第七杯玫瑰紅下肚，精神開始無法集中，我決定不再硬撐了。

「大家都說我是狐狸精，天生的賤命，我什麼也沒做，戰戰兢兢的工作、老老實實地做人，為什麼我要背負這樣的罪名？你告訴我，我看起來，真的有那麼賤嗎？」

唐放心地笑了一下：「原來妳是為了公司裡的閒言閒語在傷心，那妳真是多費心了。」

「妳又能幹、又漂亮，當然會遭人嫉妒，別人無法達到妳的境界，只好編派一些故事安慰自己囉。大方一點嘛，借他們平衡一下，沒什麼大不了的。」

「是這樣嗎？」沒想到，他連安慰人都那麼有男子氣概跟動聽。

唐點點頭：「相信我，我也被批評得很不堪過，什麼為了業績跟客戶上床，為了升等踩著別人的頭往上爬，跟同事亂搞男女關係……」

「你都不介意嗎？」

「現在都沒有我的流言了，這才可怕呢。這表示，我已經失去話題性、已經沒有身價了。」唐故作失落貌。

「那你放心，你身價還很高呢。」我喃喃自語。

那一晚，唐的話讓我大獲安慰，感覺風風雨雨都已經過去，我前所未有地放下防備。今晚的狂飲，不再是為了生意，而是為了好好慶祝自己的出色所以遭人忌。

「為了今晚的北極星，乾杯！」

「為了我的清白，乾杯！」

「為了你跟我一起乾杯，乾杯！」

忘了那是第幾杯乾杯，醒來後，我只明白一件事情，身世清白，只追隨了我二十九年。

我在陌生的房間醒來，唐的樣子真的很好看，早晨冒出的鬍髭，把他裝點得更像一個男子漢。

「等一下！我留什麼口水啊！我現在在哪裡？為什麼唐光溜溜地躺在我身邊。我的內衣褲呢？」我在床上、地上瘋狂地找著我遺落的內在美。

終於找到了被扯開的胸罩跟內褲：「等一下！我昨天竟然是穿這套肉色的阿

婆束衣褲？」

這下子，我是徹徹底底、完完全全無法原諒我自己了。

唐：雖然這一切很美麗，但這仍是一個錯誤，就當做一切都沒有發生！讓我們再也不要把這個錯誤提起！

我草草留下一張紙條，快速逃離意外現場。

A在茶水間問B：「妳看到他們相望的眼神沒？」

「拜託，那麼赤裸裸，看也知道昨天幹了什麼好事！」

「真是天生賤骨頭！」C又再次提醒我。

她們真是明察秋毫，我心虛地低著頭，一手軟，用冷水壓了一杯永遠也泡不開的烏龍。

第二天、第三天、一個禮拜過去，我跟唐都玩著不小心四目相望——他有話想說——我轉移眼神跟話題的躲貓貓遊戲。

流言蜚語，成為我們兩人四目交望時的襯底音樂，不悅耳，但，既貼切又符合劇情。

情人節當天，我為自己買了一個心型蛋糕。決定要給自己一個愛的鼓勵，勉勵自己不能再繼續這樣絕望下去，天生我才必有用，賤骨頭一定也有生存下去的方法跟道理。

就在我準備點蠟燭的瞬間，突然，我被關進伸手不見五指的漆黑裡。

一定是隔壁工人在裝潢，不小心弄壞了電路。

為什麼我的命運會坎坷到這種程度，上天連我要自己撫慰自己這件事情都不肯眷顧。我貼坐在牆角下，擁抱著自己的孤獨跟無助。

此時，桌上的手機來電，像一盞明燈在黑暗中熱烈響起。

「情人節快樂！我想，妳總不會討厭我到不肯接受我的祝福。」是唐，我那個美麗的錯誤。

「我一點都沒有討厭你，我是討厭我自己，我是恨我自己。」我放聲大哭了起來。

好好一個漂漂亮亮、標標緻緻的女孩，為什麼要離鄉背井，獨自面對殘酷的這一切？

「葳葳，妳怎麼啦？妳還好嗎？」

「我不好，我好害怕，我想跟你在一起，我想跟你一起度過情人節，我想……我想……」

我想，或許是該對命運低頭的時候了。

自從那一個停電的情人節夜晚，唐把我接去他的小別墅後，我就再也沒有回到一個人的屋子裡了。

「我們兩個有沒有未來？他未婚妻回來後，究竟要把我藏到哪裡？」我們總是很有默契地，從不去觸碰這些問題。

人生就是這麼一回事，何必追根究底？

摸骨仙說過，我這一生就兩條路可以走，一條做人細姨，一條奪人所愛，相較之下，奪人所愛的罪孽跟社會容忍度，應該還是比做人細姨好上一些吧。

我道道地地地，扮演起一個奪人所愛的狐狸精；而且，感覺竟然還不壞。

流言，當然沒少過，我已經試著關起自己的耳朵，而媽媽拷貝給我的那十二捲摸骨師耳提面命的錄音帶，也早已被我廢棄在一般垃圾桶裡，永世不得超生了。

但是，有些事不是要避就躲得開的，那天，我從洗手間出來，正準備要補妝時，發現ＡＢＣＤ已經各就各位，杵在洗手臺前，正準備全民開講。

原以為他們見到我會摸摸鼻子一哄而散的。但是，他們竟然對我善意地點點頭，接著就開始侃侃而談。

「妳都看到了吧。」A總是帶頭說。

「拜託，當然有。他塞給她一張紙條，以為神不知鬼不覺嗎？」接話的是B。

我一直以為，唐把紙條夾在公文夾裡應該是看不出來的，沒想到這些人那麼敏銳。

「我看啊，他們是豁出去了，根本不管別人怎麼看。」C感嘆。

「哼！哼！」我故意大聲清喉嚨，讓他們發現我的存在。他們真的就這麼想講，連當事人在也不能稍微忍一下。

「葳葳姊，妳喉嚨不舒服啊，我有京都念慈菴川貝枇杷膏，『天然的熊好』，等一下給妳潤潤喉。」我不敢相信，A竟然極其自然地停下話題，充滿誠意地轉頭對我說。

「對對對，葳葳姊，妳要好好保養妳的聲帶，妳可是我們公司的搖錢樹，嗓子是要拿來應付客戶的，可不能搞壞。」B對我也是慈眉善目。現在的狗仔隊，已經表裡不一到這種爐火純青的地步了嗎？

「我告訴妳們喔，還有更勁爆的，其實她早就跟他同居在一起了。」見我遲遲沒有反應，C又重開話匣子。

「什麼！連這個妳們也知道？」我實在不能再充耳不聞了。

「拜託，紙是包不住火的。」B拍拍我的肩膀。

「等一下，等一下，妳們可不可以等我出去再繼續討論。」連我自己也加入討論裡，這未免也太前衛了。

「唉喲，葳葳姊，那個朱小虹的事，全公司都知道了，又不是只有我們在講，妳不要有罪惡感啦，全民一起來開講，意見互相交流，比較有意義嘛。」

「等一下！」

「唉喲，葳葳姊，不能再等了啦，討論完，我還要留時間上廁所ㄋㄟ。」C做事，倒是很有規劃。

「妳們一直在講的是企畫部的朱小虹，而不是……」

ABCDE一擁而上，團團將我圍住：「吼！妳還知道誰？還有誰？快點告訴我們！」

「那妳們說，在上海有個未婚妻的是？」

「當然是企畫部那個吃碗內、看碗外的林經理啊。」D為我解惑。

「那，業務部的唐經理他沒有未婚妻？」

「拜託，他早就結過婚了，哪來的未婚妻！」

「他結過婚了？」這簡直是歹天轉晴後的霹靂雷陣雨。

「是啊，聽說早在我們進公司前他就結過婚了，還有一個女兒ㄌㄟ。」

「那他老婆跟孩子呢？怎麼都不在屋子裡?!」我已經慌了手腳，完全沒察覺到自己就要漏餡了。

「他們全都住在美國啊，有錢人就是這樣，能盡量送出國的就全都送出國，最好在臺灣一個活口也不要留。」他們真的是一群無所不知、無所不曉的「奇女子」。我懷疑，只要我問得出口，他們甚至知道我的銀行存款跟排卵期。

我行屍走肉、意志消沉地走出茶水間。

還虧媽跟摸骨師上過床，真不知道功德都回向地球的哪裡去了！我真像一個沒有大腦、被壞男人耍得團團轉的無知婦女！

顧不得等一下跟客戶還有約，我招了計程車就衝回唐的別墅裡，準備用一隻皮箱，把所有的愛恨情仇一次打包個徹底。

拖著皮箱，慌亂、受騙、無助、不甘心擠在皮箱裡幾乎要滿溢。我越走、越沉重；越走、越不知道自己該往哪裡去，才有真正的未來跟幸福。

然後，一輛公車在我身旁停了下來，像上帝的暗示跟安排。好吧，既然它來了，就讓它決定我的方向跟未來。

我把行李拖上車，車上唯一的男人抬起頭來，給了我一個複雜的眼神。

他，應該也是一個有故事的男人吧。

我窩在公車的角落，等待命運的下一個玩笑跟擺弄。

公車開開停停，上來了一些疑似蹺課的學生、提著瘋狂購物袋的中年婦女、帶著孫子的老人……這些日子，都是唐接送我上下班的，許久沒坐公車了，現在才發現，公車就像是人生的縮影，年少、青春、中年、蒼老……全都在一個車廂裡輪番上演。

那我呢？我是屬於人生縮影中的哪一個典型？

我的頭腦昏昏沉沉，已經分辨不出，窗外的景色是城市裡的哪一個部分。

突然，坐在後面的男人豁地一聲站了起來，望著他連準備下車，都像要上戰場般緊繃的背影。我在想，他人生的劇情不知道有沒有我一半的戲劇化跟悽慘。

然而，男人並沒有下車，他出乎意料地轉過頭來，對著全車宣布：「我在某個人的座位底下放了炸彈，不准交談，不准亂動，不然我就引爆它！」

真是夠了！上天給我的是什麼狗屎運？骨骼先天就犯賤，愛情碰到壞男人，坐公車竟然還遇見挾持犯？

不用他提醒，我的人生已經「整組歹了了」了，我現在也沒有多餘的力氣輕舉妄動或是跟任何人交流談心。

最好炸彈埋在我的屁股底下，賞我個暢快，把我的賤骨頭給炸成排骨酥，一了百了算了。

滴滴答答、一分一秒不斷過去，聽得出來，車外聚觀的人潮越來越多，有媒體、有警方、還有看到現場直播的新聞後，緊急趕到現場的乘客家屬。

「葳葳！妳沒事吧！葳葳！」突然，唐的聲音，以穿過千山萬水的姿態，傳到我的耳朵裡。

我從萬念俱灰中爬起來，望向窗外。真的是唐，他應該是剛搶下警方手上的擴音器。

「我女朋友在裡面，拜託！讓我進去！」

媒體忙著用閃光燈捕捉他的表情，警方急著奪回他手上的擴音器。

車內，挾持犯用心事重重的目光，向全體乘客掃射一遍：「誰是葳葳？葳葳是誰？」

我像被點到名的小學生般，舉起手來。

挾持犯將他的那一把擴音器遞給我：「告訴他，妳還活著。」

我任性地搖搖頭：「他是有老婆的男人，我就算變成肉醬，也不關他的事。」

挾持犯拿起擴音器對外聲明：「葳葳說，你是有老婆的男人，就算她變成肉醬，也與你無關！」

過了半分鐘，車外又傳來唐的吶喊：「我在兩年前，就已經離婚啦！」

挾持犯嚴厲地看看我：「妳有沒有搞錯啊？」

像我這種衰女，不會交什麼好運的，我再次搖搖頭：「不要相信他，他是騙人的。」

挾持犯再次舉起擴音器：「你這個騙子，不要過來！」

「是真的，我們上床那天，妳說的『美麗的錯誤』不就是介意我離過婚，有過過去嗎？」

這下好了，不只挾持犯瞅著我看，全車的乘客，也在各自的驚慌中，抽空抬起頭來，看了我一眼。我想，透過直播，全國觀眾（包括ABCDE）一定都知道，我跟車外這個男人上過床，有過美麗的錯誤了。

情急之下，我將頭手伸出窗外，向人群喊了出來：「不是，當時是我以為你有未婚妻，就快結婚了。」

「啥？未婚妻？」唐透過擴音器，噴出了滿滿的問號。

挾持犯向我走來，認真的對我說：「我是男人，相信我，他是真心的。只是我要奉勸妳，以後還沒搞清楚對方結過婚沒，千萬不要就隨便亂搞男女關係。」

帶著孫子的老人也轉頭向我看：「是啊，這是現場直播，對全國觀眾來說，是很不好的示範！」

我自責而幸福地點點頭。

三十年來，這是第一次，我可以信心滿滿地對自己說：「很多真相，都不是眼睛看到、耳朵聽到的那個樣子。搞不好，我根本就不是什麼天生賤命！一切，不過是摸骨師對母親騙財騙色的把戲而已。」

「謝謝。」我忍不住對挾持犯說。

然而，回過神來，我發現他手上的引爆器，絲毫沒有要被鬆開的跡象。會不會，這只是死亡之神降臨前的回光返照？

突然，手機簡訊的留言聲，從我口袋裡傳來。

是唐嗎？我顧不得危險，將簡訊打開。

本週日回家一趟吧，媽媽有喜事要跟妳宣布！

天哪，難道她不知道自己的女兒已經命在旦夕？告訴她多少次了，沒有常識就要多看電視的。

算了，管不了那麼多了，現在的我，只能祈求萬能的上帝：如果真要許我個天生非賤命，就不要讓我在這個關鍵時刻被炸成肉醬！

喔，順帶跟上帝一提，如果能讓我苟活下去的話，也千萬別讓摸骨仙成為我身分證上的父親。

谷淑娟

情人節誕生的水瓶座女子，熱騰騰的性格，熱騰騰的文字，熱騰騰的故事。再悲傷的情節，也會在她的字裡行間偷渡希望與微笑。出人意表的劇情、引人發噱的對白，都是她讓讀者閱而忘返的獨家書寫配方。

著有《恐龍週記》、《野女人週記》、《愛情拜家女》、《綠街99號的微笑》、《天使五號信箱》、《奇蹟販賣機》。

回　首

我從沒在那對兄妹身上看見所謂的感激，
無論我再怎麼的勞心勞力，
終究只是一個，
阿姨。

高岱君

把阿弟攙抱上公車時，他仍睏眠未醒，幸好這個時段的人很少，車上空位很多，我把阿弟和自己安置在司機後面的位置。坐妥以後，喘了幾口氣，我掏出手帕拭拭臉上的汗，年紀大了，揹著阿弟這一路趕來，實在有些吃力。

剛剛和阿弟睡午覺的時候，阿彬突然打電話來急說阿惠他們下午四點要辦離婚手續，問我可不可以幫他把借他們的錢要回來，說催了很多次，可是他們夫妻倆總是把還錢的責任推給對方，他說不知道該怎麼辦，說老婆最近起疑心，他很怕她去查存款簿裡的錢，要是真的查到，他一定會被趕出去……

掛上電話以後，我愣愣的坐了好一會兒，說不上是什麼感覺，只覺得胸口有點悶。

自從阿彬結婚以後就很少回家，要是打電話連絡，不是抱怨老婆疑心病重，就是要我勸阿惠不要老是想跟他借錢，他自身都難保了等等。從來，他就不會在電話裡關心我過得好不好，身體是不是健康，有沒有吃飽。

唉，我深深嘆了一口氣，沒想到為這個家操勞那麼多年，好不容易熬到兩個孩子成人，各自婚嫁以後，還是不能輕鬆。不只阿彬只有在出問題時才會想到我，阿惠也是，當初說什麼也要嫁那個一年換二十四個頭家的阿榮，說他只是懷才不遇，說她相信他一定會出頭天。可是誰都看得出來阿榮明明就不是那種可以依靠的人，阿惠勸也勸不聽，閃電結婚後兩個人果真吵翻天，老是鬧離婚，真不知道當初她在堅持什麼。

只是，兄妹倆會有這樣的人生，我除了無能為力，其實也不能干涉太多，因為這都是他們自己的選擇，因為，我不是生他們的人。

所以不管今天他們對我有沒有孝順，我也沒什麼好怨了，畢竟就像明雄的阿母說過的，誰叫我不能下蛋。

當年明雄開始有意無意的徹夜未歸，甚至從外面光明正大帶回一個女人和兩個親骨肉以後，我能怎麼辦？我阿母只會叫我忍耐，說女人就是油麻菜籽的命，嫁好嫁壞，都是天註定。除了偷偷的哭，我什麼也不能說，因為我不能替他們吳家傳續香火，這對一脈單傳的吳家而言，是不能被允許的家醜。

原以為只要把這個家裡的大大小小照顧好，就算對得起他們吳家了，直到那次明雄和那個女人出遊雙雙車禍身亡以後，兩個小孩哭得傷心的模樣讓我心疼不已，於是，為了縫補這個殘破的家，我咬緊牙關一肩扛起所有的責任，並且比以前更細心的照顧這對兄妹倆，把他們當成自己的孩子一樣看待。

只是，這一路走來，我從沒在他們身上看見所謂的感激，無論我再怎麼的勞心勞力，我只能當他們嘴裡的阿姨，即使我做的事已經是一個母親的角色，但，我終究只是一個，阿姨。

公車搖搖晃晃的，睡在身邊的阿弟挪了挪身體，嘴裡嘟囔了幾聲後仍未醒。

大熱天的，他已經睡得一臉汗溼。我拿起手帕拭著阿弟額頭的汗，輕輕梳理他柔軟的髮絲。

平常這個時候，是我和阿弟的午睡時間。從來我就沒有午睡習慣，可是阿弟來了以後，只要吃完午飯，他就會抱著他的小被子說阿嬤睡ㄍㄠˇㄍㄠˊ囉……很少有小孩子願意乖乖睡午覺的，阿彬和阿惠小時候就不大願意。那時，總想趁他們睡著以後做自己的事，但往往撐到最後還醒著的都是他們兄妹倆。其實，那時候我到底想做什麼，自己也不明白，只是想說他們可以安靜一會兒，讓我在這個家做牛做馬之餘，還有一個喘息的空間。

只不過，油麻菜籽的命，能奢望的並不多，連這個小小心願也沒達成過。

就像現在，兄妹倆都已成家立業了，原以為可以真正過自己的清閒生活，沒想到半年前，阿惠突然帶阿弟回來說請我幫忙照顧，說她和阿榮要做生意沒時間，說她會按時寄錢回來，說等生意穩定後就會接阿弟回去，說不會拖太久。

阿弟，我唯一的外孫，從小就跟著阿榮阿惠到處搬家，現在都四歲了，可是之前我只有在他出生時才見過一次面。

不會拖太久。當時阿惠是這麼說，可是半年來，她只打過幾次電話，錢也是有一搭沒一搭的寄回來，從沒說什麼時候要把阿弟帶走。阿弟剛來的時候哭過幾次，可能是想媽媽，也可能是不習慣跟一個沒什麼印象的阿嬤過日子，只是後來不知道怎麼的，突然間他不哭鬧了，每天阿嬤阿嬤叫著的跟進跟出，大概是怕孤單吧，而這段時間算是我們祖孫倆相處最久的時候。

此刻，在趕去律師事務所的途中，我仔細看著阿弟睡得香甜的小臉蛋，看著看著，不知怎麼的，忽然有些不捨，但我知道不能再像以前那樣心軟了，因為事實看來，阿惠和阿榮是不要阿弟了，連他們要離婚的事都是阿彬怕要不到錢才告訴我，既然他們不要自己的孩子，我為什麼還要無怨無悔的幫他們收拾？

我不想管了，真的再也不想管了，我沒有幾年好活，吳家對我而言早已不相干，我決定趁他們離婚前把阿弟還回去，雖然阿弟是我的孫子，但我們沒有血緣關係，明雄和他阿母不是最重視血緣關係嗎？多年前他們已經判我死刑，我為什麼還要死守著這個空殼，苦了那麼多年，到最後我究竟得到了什麼？我不知道。

還有阿弟，當阿惠和阿榮只顧著自己的時候，他們有沒有想過阿弟的未來？我不要這兩個不負責任的大人，只想把阿弟當拖油瓶一樣塞到我這裡來，這一次，我不要再讓自己成為那個永遠是最後被告知的人。

「阿嬤。」忽然我的手臂被輕輕觸碰著。

剎時，我從半生的怨懟中清醒。

「阿弟醒來啦，要不要喝水？」我伸手到提袋裡摸出水壺。

「好。」阿弟乖乖的點頭。

我旋開水壺的塞紐，仔細倒水在水壺蓋裡，然後遞給阿弟。

「慢慢喝哦。」

「嗯。」阿弟捧著杯蓋，小口小口啜著。

「阿嬤，我們要去哪裡？」阿弟抬起頭看我。

「要去找爸爸媽媽。」

「哦。」阿弟聽了，又低下頭喝水，他的聲音聽起來悶悶的。

「怎麼啦？爸爸媽媽要帶阿弟回家了，要快樂一點啊。」

阿弟沒有回應，只是靜靜捧著杯蓋喝水。

我看著阿弟，突然有些不忍，或許，這是我們祖孫倆最後一次相處了。

「阿弟，阿嬤有帶巧克力，要不要吃？」我趕緊把提袋打開。

阿弟還是低頭喝水，我瞥見杯蓋裡的水已經乾涸。

「阿弟，爸爸媽媽也很想阿弟啊，阿嬤以後也會去看阿弟的。」

阿弟動也不動，我伸手想拿回他手裡的杯蓋。

可是阿弟卻緊緊的握著。

我的心裡忽然一揪，卻只能笑笑的摸著阿弟的頭：「阿弟，乖，你可以打電話給阿嬤啊，阿嬤就去看你好不好。」

「真的？」阿弟抬起頭看我，他的眼眶裡浮著一圈淚。

「嗯。」我有些鼻酸：「不管什麼時候，阿弟都可以打電話給阿嬤。」

「好，打勾勾。」阿弟伸出他的小指頭。

「打勾勾。」我也伸出我的，就像這半年來，我們祖孫倆每一次承諾。

「阿嬤不可以騙人。」阿弟定定的看著我。

「阿嬤不會騙阿弟的。」我輕輕微笑著。

有一天，半夜時分，我忽然聽見細細的哭聲，扭開檯燈一看，才知道阿弟在哭，他捂著臉，怯怯的看著我。原來阿弟的蛀牙在痛，只是，他只是悶著頭哭，看著他眼淚鼻涕的，一定忍了很久。

可是大半夜的，沒地方看牙醫，我只能拿正露丸塞在他的牙洞裡，以前阿彬和阿惠牙痛時就是這麼應急。

「有沒有比較不痛？」我拿面紙擦去他淌出的口水。

阿弟可憐的點點頭。

正露丸的辣和蛀牙的痛，一定讓阿弟很難受，只是此刻也只能如此了。看著阿弟哭到臉紅脖子粗，真的讓人不忍心。和阿彬、阿惠小時候比起來，阿弟忍耐的毅力真的出乎我的意料。

「牙齒痛痛怎麼不跟阿嬤說？啊，嘴巴張開……」在暈黃的燈光下，我瞇著眼檢視阿弟嘴裡的正露丸有無掉出。

「阿……阿嬤在……生……病……要睡……睡覺。」阿弟口齒不清的說。

忽然，我的心被撞擊了一下。

前兩天，身體有些不舒服，整個人頭昏昏的，還以為是感冒，便趕緊去給醫生看，怕傳染給阿弟。後來才知道是血壓又增高了，醫生開了降血壓的藥，並囑咐要多休息，所以晚上吃完晚餐後就早早上床睡覺。

這些年來，我一直是這麼孤獨的照顧自己，以為能陪伴我的，只有自己了，沒想到阿弟都看在眼裡，即使，他只有四歲；即使，我們才相處幾個月。

「阿弟。」我輕輕攬抱住阿弟，看著他略微腫脹的面頰：「阿嬤已經好多了，不過以後阿弟要是有什麼地方痛痛，一定要告訴阿嬤，知不知道？阿嬤明天帶你去看醫生，把蛀蟲殺掉，牙齒就不痛了。」

聽到醫生兩個字，阿弟驚慌的搖頭：「阿嬤，不痛了，我不痛了。」

「阿弟乖，還是要給醫生看一下，不然那些蛀蟲會跑到別顆牙齒鑽洞，會更痛的。」

阿弟聽著，睜大了眼睛。

「明天乖乖看醫生，阿嬤再買玩具給阿弟好不好？」

醫生和玩具，阿弟遲疑著。

「打勾勾？」我伸出小指頭。

「打勾勾。」阿弟深吸一口氣，也伸出他的：「阿嬤不可以騙人。」

「阿嬤不會騙阿弟的。」我揉揉阿弟的頭。

車行途中暫停，上來了兩個高中生，洋溢著青春氣息，我想到阿弟長大以後，應該也是這個俊俏模樣吧。

只是，不知道長大以後的阿弟，還記不記得阿嬤。

沒多久，公車在購物中心前停下，從階梯上走來了一個拿著冰淇淋的孕婦，看著她紅嫩的臉頰，可以當媽媽的人一定很幸福吧，一個未知的生命就在體內和自己緊緊相連，歡喜憂傷，相伴相依，那是什麼樣的感覺呢？

年輕時，我是那樣迫切渴望，然而此生卻永遠也體會不到。

曾經，我試著把阿彬和阿惠當做自己的小孩，也很用心揣摩媽媽的感覺，但，他們終究不是我親生的孩子，沒有那種血脈相繫的依存，彷彿就少了什麼似的，無論我有多麼努力，彼此間還是會存在著一種陌生的隔閡。

或許，他們兄妹倆也是這樣看待彼此的關係吧。

畢竟，我和他們只能算是兩個不同的個體，只因為命運的造弄，生命從此被迫相連。

「阿嬤，我想吃冰淇淋。」阿弟拉拉我的手。

「嗯？」我轉頭看阿弟。

「吃冰淇淋。」阿弟睜大眼睛央求著。

「好啊，我們下車去買冰淇淋。」我拿起提袋，握住阿弟的手。

才剛起身，車門就關上了，公車開始緩緩離站。

「哇！」阿弟失望的叫了一聲。

「沒關係，我們下一站下車再回來買哦。」我把阿弟拉回座位上。

「好。」阿弟開心的笑著：「要吃冰淇淋囉。」

我低頭看了手錶，距離阿惠辦手續的時間還有一段空檔，這樣一來一往的時間還夠。畢竟，這是我和阿弟相處的最後一段路程了，不管阿弟要什麼，只要我能給的，就一定給他。

下一站就要到了，我正準備起身按鈴，突然從後面快步走來一個男人，站在司機的旁邊。

「阿嬷，吃冰淇淋了……阿嬷，吃冰淇淋了……」阿弟高興的搖頭晃腦念啊念。

突然，一個緊急煞車，車裡一陣尖叫，東西乒乒乓乓的掉落。而我則無法控制的向前衝，碰的一聲撞上司機後面的隔板，阿弟也撞上來，幸好他被我的身體擋住，幸好我們前面剛好有隔板。

「哦。」我忍痛坐回座位上，趕緊檢視阿弟的身體，擔心他撞傷。

「阿嬤。」受了驚嚇的阿弟，臉上的表情要哭不哭的。

確定阿弟無恙後，我起身想問司機是怎麼回事，可是男人卻站在司機旁邊動也不動，我根本就看不見前面發生什麼事。

是車禍嗎？有沒有撞到人？

「你說什麼？」這時司機一臉錯愕的看著那個男人。

「叫妳向左轉。」男人說。

「先生，剛才就跟你說過了，這輛車的路線是向右不是向左。」

「叫妳向左就向左。」男人兇惡的指揮著。

「司機，下車。」我忍著痛拉起驚魂未定的阿弟準備下車，我還要回去買冰淇淋，還要帶阿弟去找阿惠，沒時間浪費在這輛亂七八糟的公車上。

可是男人仍舊擋在投幣箱前。

「先生，我要下車。」我提高音量。

「誰都不准下車。坐回去。」男人背對著我冷冷的說。

「你說什麼？」我懷疑自己是不是聽錯了。

「炸彈。」男人突然大聲起來。

剎時，公車裡一片死寂。

「我在車上裝了炸彈。」男人緩緩的轉過身，面無表情的環視整個公車。

炸彈……我拉著阿弟退回到座位上，不祥的預感湧上心頭。

「各位，早在你們上車之前，我就在車上裝了炸彈，放在某個座位底下，請各位不要輕舉妄動。」男人靜靜的說。

男人的話才說完，後面突然有人尖叫了一聲，同時，我手中的提袋翻倒在地上。

「不准往下看！」男人拿出引爆器吼著：「再有人動一下，我立刻引爆炸彈。」

「先生，你不要開玩笑，我趕時間，急著要回家。」後面的乘客大喊。「這不是開玩笑。」男人狠狠的瞪著所有乘客，然後回頭繼續指揮著司機：「開車，向左轉。」

公車的引擎再度運轉起來，我緊緊抱著阿弟，不敢相信眼前的一切。不行，我一定要下車，我要帶阿弟去買冰淇淋，要帶他趕在阿惠和阿榮簽下離婚協議書之前到達，我還要等他以後打電話給我說阿嬤妳來找我，還要等阿弟長大念高中，蹦蹦跳跳的和同學坐上公車……

「阿嬤。」阿弟偷偷抬頭看我，清澈的眼瞳裡是莫名的驚恐。

「阿弟不怕。」我抱阿弟抱得更緊了，只要還有一口氣，我絕不會讓任何人傷害阿弟。

「向右……向左……不對……不對……向右……」男人指揮著公車前進的方向。

從車窗望去，外面的車陣仍然川流不息，天空依舊飄過朵朵白雲，車外的一切如同往常，可是車裡的恐懼卻已經快要爆破。

我突然後悔了，為什麼要帶阿弟趕去見阿惠，他們不要阿弟，我可以要啊，這又不是第一次了，當年明雄正大光明的帶回來兩個，我都可以忍下來，為什麼這麼多年過去了，我卻不能接受阿弟？

沒有血緣關係又怎麼樣，阿弟叫我阿嬤啊。

我的腦海一片混亂，過往一切在我眼前快速迴轉，忽然，阿弟伸手摸摸我的臉：「阿嬤不怕。」

瞬間，我彷彿回到了阿弟牙痛的那個夜。

阿弟睜著淚眼說：「阿……阿嬤在……生……病……要睡……睡覺。」

我看著阿弟，紊亂的思緒漸漸安靜下來。

「阿弟，我們不要去找爸爸媽媽了，等一下下車以後，我們去吃冰淇淋好不好。」

「好。」阿弟雖然搞不清楚到底發生什麼事，但看得出來先前的恐懼已被冰淇淋的快樂所取代。

最後，公車停在一個廢棄的工地裡。

男人雙手環抱的坐在車門旁邊的平臺上，空洞的雙眼直視著前方，嘴裡還喃喃念著。

「警察先生……警察先生……」這時後面突然傳來急促的叫聲：「我們被挾持了！我們被挾持了！你們快點……」

我再也不敢聽下去，只能閉上眼睛，把阿弟抱得更緊，口中直念著阿彌陀佛。

拜託你不要炸啊。我的生命已經過了一半，可是阿弟的才正要開始。我死了沒關係，我不要阿弟死……。

不久，疾厲的警鈴聲從四面八方傳來，一輛一輛警車圍住了公車，電視臺的SNG車也出動了，閃光燈此起彼落的閃著，整個工地熱鬧得就像菜市場。

「阿嬤，有人在照相耶。」阿弟好奇的從我懷中掙脫，趴在窗邊看。

我趕緊把阿弟拉回身邊。

「阿嬤，真的啦，外面有好多人在看，還有在照相。」阿弟興奮的指著外面。

這時，窗邊突然出現一架高舉的相機，啪的一道白光閃過，把我和阿弟攝入其中。

沒想到我和阿弟第一次也是唯一一次的合照，竟是在這種狀況下發生。

或許公車裡面劫匪沒有表明什麼，公車外面的記者更是用力的拍打窗戶，一次次的快門，把我們的惶恐照進相片裡。

「歐巴桑，妳現在有什麼感覺？」忽然阿弟趴著的窗戶上出現了一張海報，上面潦草的大字問我現在有什麼感覺。

感覺？我有些錯愕，什麼感覺？我能有什麼感覺？我不想死，也不要阿弟死，這就是我現在的感覺。可是我一句也說不出來，因為我感覺到坐在公車後面的男人站起來了，正往我們這邊走來。

男人一邊喃喃的說話一邊拿出引爆器。

要爆炸了……我害怕的低下頭蜷起身子，耳裡彷彿聽見炸彈滴滴答答的聲音……要爆炸了……死定了……我不要阿弟跟著我去死……不對，阿弟呢？我突然一驚，急忙抬頭看，阿弟正好奇的走到男人身邊想看他手中的引爆器……。

「阿弟！……」我想叫阿弟回來，卻什麼聲音也發不出來。

突然，阿弟被走道上的東西絆了一下，整個人失去重心的向前撲倒……竟然撲在男人的腿上。

我的心臟驚嚇到快要跳出喉嚨。

可是男人卻一把扶住阿弟，讓阿弟安穩站好，然後慢慢放開他。卻在瞬間，我忽然在男人冷峻的臉龐上看見出乎意料的疼惜，即使，只有一瞬間。

咚，突然我提袋裡的水壺滾出來，阿弟聽見聲音回頭看，三步併兩步的跑回來揀水壺，我趕緊把阿弟一把抱住，死命的抱住他，這一次，我再也不放開。阿弟不解的看著我，然而我眼底的淚卻將阿弟的面容漸漸模糊了，我眨眨眼，想將阿弟看得更仔細，更仔細。

「我要炸了。」男人的臉上浮起一陣詭異的笑容。

剎時，窗外原本的熱鬧瞬間安靜了下來，車裡原本死寂的一切突然喧鬧起來，一陣悽厲的尖叫聲從車廂後面傳來。

「五、四、三、二、一！」男人開始倒數。

高岱君

喜歡在文字和海洋裡悠游。

著有《馬爾地夫星星海》、《當一顆綠豆蔓生》、《散步在雲朵的背脊》、《海洋路標》。

河流三拍

我長久以來都睡不好的噩夢，
總是以一條河為終點，
每次夢總是帶我來到這條河，
我會看見一個少女的微笑，
還有一雙銳利的眼神。

陳思宏

這條河流對我的追捕，是永不枯水的氾濫。

我試過竄逃，我試過遺忘，我試過不理睬。可是，河流總會在我把自己隱身到無形的時候，從我的身體縫隙偷偷滲出來，就算我把謊言織成密不透風的保鮮膜，層層包裹自己都沒有用。我的身體，清楚地記載了那天，字字清晰，韶光快速流轉也洗刷不掉。

總會有，一個類似正義或者報應的結局。

而這輛公車上的歹徒，提早宣布了這個結局。他說，車上某個座位底下被他裝了個炸彈，全體乘客如果不聽他行事，就來個同歸於盡。在眾人的尖叫聲中，我的沉默代替了我的驚慌，畢竟，這是預言。

原來，死亡是我逃亡多時的結局。我知道，那顆炸彈，一定在我的座位下。這是她的預言，我躲不了的。

以我最懼怕的方式來結束這段逃亡，果真，那天的她，那天的每一句話，全部成真。

我怕死。所以我逃亡。

我不該上車的。如果不是因為某種神祕的牽引，我根本不會搭上這班死亡公車。一切，開始於昨天晚上那場噩夢。其實那根本不是夢，因為夢裡的肢體拉扯、嘶吼咒罵，一切都太過於真實。這場噩夢一步步向我逼近，然後虎撲過來，咬掉我每日儲備的防禦系統。終究，我輸了。

她知道，我終究會回到這條河。無論我會走到哪裡，這條河，總是我一定會經過的地方。

我在這條河邊搭上這班車，經過這條河，我走向死亡。

一開始，我根本沒有注意過她。雖然她在可以容納兩百多個學生的教室裡選擇了最前排的位置，還在第一次上課時就頻頻發問，我多看幾眼的還是一群穿短裙的女學生，她們群集在教室的最後方，拿著手機不斷地發簡訊，眼睛從沒正視過講臺上的我，當然更別說我在黑板上寫的密密麻麻的數學公式。教室是階梯式的，所以我可以看到最後一排課桌下的短裙風光，色彩繽紛的襪子，恣意燎燒的青春。從前，當我依然年輕的時候，每年我總是會挑選一個女生，陪她走過這一段重考補習的歲月，然後她終於上了大學，她會在多采多姿的大學生活裡遺忘了我，我也會把她從這一年的黑板上擦掉，無痕地經過一個女孩的青春。

所以，當這群女孩在下課的時候來邀我週末去烤肉，我連該有的佯裝拒絕都忘了：「烤肉？好啊！這種年輕人的活動，我也很久沒參加了！」這是實話，我身體裡面一把暗自柴燒的慾望，已經很久沒被女孩仰慕的表情柔軟地催化。

「老師，你其實還很年輕啊！」一個聲音從這群女孩的後方出現，是每次上課都頻頻發問的女孩。這群打扮時髦的女孩聽到她的聲音，紛紛報以不屑的眼光，她們不喜歡這麼用功的學生，而且打扮這麼灰暗，不可能成為她們的朋友。她忽略那些鄙視的眼光，把眼光定在我身上：「老師，我可以跟你們一起去烤肉嗎？」

那是我第一次正眼看她。她有著一張看過便很容易忘記的臉龐，五官不突出，身材細小。但是，近看才發現，這個發問聲音宏亮的女生，有著一雙銳利逼人的眼睛，藏在過長的瀏海之下。

女孩們雖然百般不願，終究無法當面拒絕她。女孩們七嘴八舌討論著去哪裡烤肉，她大聲地建議：「有一條河，我在那附近長大的喔，我們去那條河邊烤肉吧！」女孩們此時露出明顯的不悅，我怕烤肉的邀約因此流產，只好趕緊出面打圓場：「哪裡都好，大家開心就好！反正大家平常都很用功，放鬆一下是有幫助的。」

然後，在某個週末，我們一行人在她的帶領下，搭著公車出發。在車上，她坐在我旁邊，一路上和我聊著對於數學的熱情，以及重考生的尷尬，眼神晶亮，很無懼大方的少女。車子離開市區，在一條河邊停下。河上有一座橋，灰撲撲地座落在當天黯沉的天色裡。我們在橋頭下車，一條洶洶的河流開展在眼前。

「哇！很美嘛！我怎麼從來不知道有這個地方？」

「離市區不遠嘛！奇怪，怎麼從沒聽說過？」

「你們看！河面上有白鷺鷥呢！」

女孩們的興奮跳躍帶來和煦的陽光，只有她，淺笑沉默，站在橋上俯瞰河流，宛如回到家一般安定。

我也從未造訪這條河，突然跟著女孩們雀躍了起來。

我們在河邊的鵝卵石上開始燒烤，女孩們忙著生火，讓我在一旁歇著。我果真老了，以前都是我幫學生們生火，在一群高中女生面前快速地把木炭燒得通紅，總是可以換來許多佩服的眼光。我會在眼光當中尋找些許偷渡的愛慕，然後，一步步往那眼神裡走進去。

但是那天，把木炭燒得火紅的人是她，把各種海鮮、肉類烤得晶亮端到我面前的也是她。我開始，多看了她幾眼。她和幾個女孩挨坐在我身邊，開始說著她小時候在這附近長大的故事，她記憶中所有的成長細節都和這條河有關，第一次學會游泳、第一次河水氾濫成災、第一次和全家來這裡烤肉露營、第一次在枯竭的河床上奔跑、第一次和爸爸在河邊釣一整天的魚、第一次和隔壁班男生約會，一切青春成長的流轉都是在這裡發生，連沒申請到好的大學都是在河邊痛哭一整天。雖然後來全家搬離開這裡，她有空還是會回來看看，跟河流敘舊。其他女孩們開始對她產生好感，同是城市裡的女孩，她多了許多有趣的故事。她在城市的邊緣長大，散發著一種和城市扞格不入的邊緣質地，我的好奇心，漸漸地被挑起。

從那開始，我在課堂上開始跟她有比較多的互動，對於她的發問，我多了許多眼神關愛。幾個月前，我的賓士車進廠大修，開始兩個星期的公車通勤生涯，往補習班的路線上，好幾次遇見她，她總是綻放開心的笑容，然後馬上讓座給我，笑著對我說：「補教界百萬名師搭公車，老師，你大概是第一人吧！」

其實，那些公車上的巧遇，都是我的刻意。

想不到，我現在卻身在一輛死亡公車上。

歹徒命令女司機在城市裡胡亂行駛，左轉右轉，沒有人知道目的是哪裡。我坐在靠近車門的座位上，發現自己沒有預謀著逃亡的求生意志，因為，我實在是逃亡太久了，身心俱疲。我偷偷轉頭用眼角餘光看其他乘客的反應，每個人臉上都是恐懼的扭曲，我知道每個人都想逃。我的眼神停駐在車上的一對年輕情侶身上，歹徒問他們：「你們還是高中生？」知道他們是蹺課去唱 KTV 時，歹徒要求他們唱歌。他們尷尬地唱著不成調，我偷看著那位少女，她提醒了我另外一位少女。她的顫抖歌聲，傳遞著想逃的想望。逃，從那天以後我一直都在逃，卻逃到一班幾分鐘以後就會爆炸的公車上。

昨天深夜，房東太太終於把我從公寓趕出來，我積欠三個月的房租換來三隻德國牧羊犬的無情追殺。我逃到巷口，一隻牧羊犬齧住我的手臂，我跌倒在地，沒有掙扎，沒有抵抗，只是靜靜地感受利齒穿透皮膚的劇痛。我雙眼望入狗的眼睛，懇求牠偕同伙伴把我拆了散了然後把我吃了，或者像丟棄一塊腐肉般的無情，或許這樣，我可以停止這些不堪的逃亡日子。狗突然放開我，雙目兇狠瞬間軟化，開始舔舐我滲著鮮血的傷口。幾個鄰居把我送到診所去包紮傷口，然後試著用同情的眼光包紮我整個人，也許是因為，我整個人看起來便是一個無時無刻流著血的傷口。

我當時心裡想，要是他們知道我是誰，做過什麼事，一定不會同情我。他們以為我只是個窮困的獨居老人，被家人拋棄，風燭殘年的老頭。

他們跟許許多多人一樣，並不知道那天到底發生什麼事。

許許多多的人只能臆測，靠繪聲繪影來圖描一個他們比較願意相信、或者色彩味道更豐富的故事。

那些，全都和真相無關。

這讓我不禁想像，如果這班公車真的被歹徒的瘋狂引爆，關於我逃亡的真相，將永遠成灰。

我帶著傷口，獨自離開那個破舊的違章住宅區。我不知道目的是哪裡，但是，我知道必須經過哪裡。我疲憊的身體一直驅使著我往前行去，我的身體告訴我，這段逃亡的路線，必須經過一條河。我開始作夢，邊往前走邊作夢。我幾乎是遊魂般的被夢裡發生的一切懸著往前走去，夢裡發生的每一件事，都如同銳利的犬齒，鑽入我的皮膚。這讓我長久以來都睡不好的噩夢，總是以一條河為終點，每次夢總是帶我來到這條河，我會看見一個少女的微笑，還有一雙銳利的眼神，微笑漸漸猙獰成鬼魅般的訕笑，我總是要大聲狂喊，才能重回現實，把自己拉回眼前那個破敗的違章公寓。每次我都醒在汗水淋漓裡，呼吸困難像是洪水滅頂。而今天早上，我揉揉眼睛，卻清楚看到這一條河，在我腳邊潺潺流過。我走了一整夜，回到了我第一次注視她的現場。清晨河面有淡淡的霧拂面，我感覺到了她。

「你，終於，來了。」

我在河邊的大石頭上，呆坐了一整個早上，然後，我帶著全身上下僅剩的零錢，在橋頭的公車站牌等公車。我必須，往城市的另外一邊去尋找苟活的可能。第一班車來了，但是擠滿了乘客，司機打開門對著我叫：「先生！請你搭下一班車好不好？這班車太擠了！」我點點頭，繼續等待。下班車很快就來了，車上除了司機之外只有三位乘客，我連公車開往哪裡都沒問，上了車就挑了靠車門的座位坐下。我自己這個舉動讓我吃驚，這些日子以來，我努力要求自己隱身在人群之中，做一個最容易被忽略的鬼魂。所以每次我坐公車，都是選最後面最不引起注目的位置坐下，拉低帽子，沉默直到目的。隱形是逃犯的基本生存法則，我一直小心翼翼遵守著。

但是今天也許是我嗅到了一些死亡的氣味，讓我放棄了固守已久的隱形策略。幾個後來上車的乘客都必須經過我，和我四目交接的短暫裡，我試著在他們的眼神裡尋找一絲絲的熟悉。或許，我的輪廓會讓他們想起某則電視新聞，或者報紙頭條。我心裡偷偷期望著，有人會認出我，然後拿起手機撥給警察，然後我會在下一站被捕，逃亡的日子終於結束。這樣子的想法，讓我感到意外地放鬆，某種膠著我脖子的壓力突然消失。

果然，這輛公車，注定讓我無法隱形。

我聽到警車逼近的聲音，警鈴是我這些日子以來最不願意聽到的刺耳，而今天我竟然搭上一班即將被警車團團包圍的公車。

警察那天找上門的時候，我正在洗澡，想要把她從我的身上洗掉，任何一點味道都不留。其實離事情發生已經好幾天了，我還是每天洗三次澡，試圖把她從記憶中快速抹掉，也說服自己她從未存在過。雖然我清楚，我的身體清楚地記憶了她。我打開門，警察馬上就是一陣盤問，說她已經好幾天沒回家了，家人之前聽她提起過我好幾次，所以央求警察來我家找女兒。

「我不知道她在哪裡。」我說的是實話，我真的不知道她在哪裡。

又或許，我根本知道，只是不肯承認罷了。

警察問：「你停在停車場的賓士車是怎麼一回事？」

「我的車？對不起，警察先生，我不懂你在說什麼。」

警察和我到了地下停車場，我才發現，我的賓士車被砸了，硫酸、噴漆、棒球棒，所有的攻擊物品都遺留在現場。還有，一頂帽子。

「我們要麻煩你，到警局和我們做一下筆錄。」

我知道是誰幹的，但是我沒說出口。

我走出警局的時候，馬上被一群蜂湧而上的記者淹沒。當天晚上的晚間新聞頭條，都是我，和她的照片。

補教界名師疑似和重考女學生發生不倫之戀，這位補教界名師多年前曾有一段短暫的婚姻，長年單身。據傳，這位補教界名師的前妻也是他以前的補習班學生，兩人育有一女，監護權歸母親。而目前這位女學生下落不明，家人心急如焚，補教界名師步出警局的時候則是一語不發，搭上計程車匆匆離去……

記者，還有千萬的觀眾，他們只得到一個茶餘飯後的師生戀故事，他們都不知道，真相裡頭，不止我們兩個人。

公車往前搖晃奔馳，歹徒仍然不說他搶劫的目的是什麼。我往車窗外看，除了沿路跟隨的警車之外，許多電視臺的新聞採訪車也都紛紛出現了。記者先生小姐們，你們可開心了，今天不僅可以採訪到公車劫匪引爆公車新聞，還可以發現，死者之一竟然是幾個月前逃亡的那位補教界名師。

那天帶我快速離開警局的計程車沒有帶我回家，我要計程車開到城市邊緣的一條小路，確定尾隨的記者都已經不見了，才付了錢下車。

我當時身上只剩幾百塊，我馬上找了最近的提款機提領可以供我吃住幾個月的現金，然後搭了一輛公車往城市的另外一邊去。我知道，警察可以查到我的提款記錄而追查到我。我馬上開始逃亡的日子，我租了一個違章破敗的公寓，努力洗刷身上的城市貴氣，把自己變成一個不起眼的老頭。

然後，在某天的報紙頭版，我看到警方在那條河邊找到她的衣物的消息。警方研判，重考少女因為疑似被在逃補教界名師性侵害而投河自殺。警方正地毯式地追緝在逃嫌犯，以釐清事實真相。

你們哪是要真相？你們只希望在電視上看到我被少女家人圍毆，然後社會正義得到合理伸張。

我看著劫持者，他和一位拿著手機的女人說他有一個兒子，那位女人央求他讓她用手機和女兒說話。歹徒讓他打，眼神充滿溫柔。

我知道，他們兩個心裡都想著心中的骨肉牽掛。

我沒有手機，不能要求打通電話。但是，我也好想和我的女兒說說話。我好幾年沒見到她了。我每個月準時匯錢給前妻和女兒，但是，我從來沒想過要去探望她們。我一直以為心中的那份柔軟早就死去，直到今天，在這班死亡公車上，我才知道自己多想女兒。只是，她從來不知道我的存在。和前妻離婚的協議之一，就是永遠不要出現在她們面前。前妻懷孕八個月的時候跟蹤我，在賓館前面擋住我和一個年輕的高中女孩。她生下女兒之後，協議書一簽，便嚎啕著離開我的世界，從此沒再出現。所以我對於女兒的記憶，還停在嬰孩時期的一張哭鬧的臉。我和這位靠電話和女兒道別的女人交換一個短暫的眼神，我羨慕起她，至少她有對象可打，我連交代遺言的對象都沒，沒有一個號碼願意接受我。

公車劫持者要司機開到了一片工地前，車子終於停下，死亡的氣息在靜止的公車裡蔓延。警車和記者包圍住公車，警方擴音器、警鈴、記者現場連線播報、圍觀的群眾，所有的噪鬧拉扯我的神經。所有的乘客都不敢離開座位，怕觸怒歹徒，怕他按下手中的引爆器。然後，這所有的嘈雜就會因為爆炸而一切歸零。

她那天說過：「你不愛我，會死。」

那是個陰沉的傍晚，下課走出補習班，城市的天空泛著奇異的紫灰色。她就站在對街看著我，臉上有淚水拜訪的痕跡。我走過去，想要繼續進行一場小小的挑逗，看能不能把這些日子以來的注視更推深一點點。脆弱的高中女生，因為生活中的小小不順遂而哭泣，剛好開個缺口讓我入侵。

她什麼都沒說，只是拉起我的手，示意我跟著她走。我們來到她租賃的小套房，一路上，她沒有停止哭過。她說，她知道我對她有意思。雖然我年紀都可以當她爸爸了，她還是可以喜歡我。

「不過，你一定要愛我，否則，我會讓你死。」

她的眼神銳利如刃，割開我滔滔的情慾界線，雖然她當時看起來已經不是那個單純的河邊少女，而是不斷散發著侵略氣息，我只是如同應付我敷衍過的那些女孩一樣說：「好好好，我一定會愛妳。」

公車外的警察開始心戰喊話，我摀住耳朵，閉上眼睛，這是她的預言，我注定要死亡。因為，我沒有愛她。

另外一個戴帽子的年輕女孩，突然闖進那個小套房。她手拿著棒球棒，在空中揮舞要脅：「原來，是一個死老頭。這一切，竟然只為了一個死老頭。」

那位女孩拿著棒球棒開始砸東西，她從我懷中鬆開，冷靜地穿上衣服說：「他會愛我，不像妳。」拿棒球棒的女孩突然撲過來，狠狠地一巴掌甩在她臉上，兩個女孩開始扭打起來。我試著把兩人分開，卻被好幾個拳頭波及。女孩的長指甲陷入我的皮膚，我痛得大叫。一時之間，咒罵四起，我也出拳防禦，終於把兩個女孩擊倒在地。兩個女孩在地上依然拉扯彼此的頭髮，我知道我必須趕緊抽身，抓了衣服便往外跑，她從後追趕上來，嘶吼如同她的散髮一樣脫韁而出：「你如果現在走掉，我會讓你身敗名裂。」

我把她摔開，頭也不回地離開。但是我知道，她那淒厲的眼神，一直目送著我離開。

那是，我最後一次看到她。

警察來找我之前，我接到一通電話。電話上沒有人出聲，只有流水潺潺氾濫的聲音。然後對方掛上電話，分明是種道別。我知道，她要我回到那條河去找她。

報紙上說，她那天晚上和一個高中好朋友去了一趟醫院，當時的檢驗報告和後來的證據顯示，當天晚上她被我強暴，還被我肢體凌虐而傷痕累累。然後電視上訪問了一位少女，是拿棒球棒的少女。她戴著帽子，只露出嘴巴轉述著好友失蹤前向她的哭訴，說她們當時因為太害怕，所以根本不敢報警。

的確，她讓我死。她讓從前那個坐擁金錢權勢的我徹底死亡，變成一個遊民糟老頭。

但那還不夠。今天早上我在河邊呆坐時，我清楚知道，那樣的死亡還不夠。

因為我不愛她，所以，故事必須以更兇狠的方式收尾。

歹徒舉起引爆器，四周響起各種尖叫，我沉默閉眼，後方無路可退，前方沒

陳思宏

河流三拍

有一個新生等著我，我不想再逃了，我再也受不了，每天晚上被一條不知名的河流淹沒，這種日子終於要結束了。炸彈將即刻引爆，這段故事將跟著我一起被炸成碎片。

一條河，我拜訪，我經過，我結束。三個死亡的節拍。

世界突然寂靜下來。我只聽到歹徒的倒數：「三、二、一。」

逃亡，終於在肉身的碎片裡，劃上句號。

陳思宏

一九七六年生，臺灣大學戲劇研究所畢業。曾獲全國大專學生文學獎小說獎、彰化縣磺溪文學獎散文獎、南投縣文學獎小說獎暨散文獎、國軍文藝金像獎小說金像獎、文建會臺灣文學獎小說獎、入選九歌九十一年度小說選等。

著有小說集《指甲長花的世代》及《營火鬼道》。

WHAT A WONDERFUL WORLD

我開始用笑話來刺激她的反應，

至少，當她真的忘了我，

還會記得那些笑話，

記得那個總是說笑話給她聽的男生。

吳雅萍

音樂響起，黑狗搖頭晃腦對嘴唱，狀似陶醉，那模樣真讓我差點要笑出來。但我還是認真地閉上了眼睛，揣想老師要我們體會的，歌詞裡說到的那些畫面：

I see trees of green, red roses too.
I see them bloom for me and you,
And I think to myself, what a wonderful world.

I see skies of blue and clouds of white.
The bright blessed day, the dark sacred night
And I think to myself, what a wonderful world.

吳雅萍

WHAT A WONDERFUL WORLD

天氣很好，那畫面不難想像。但畫面有了，我卻感受不到歌詞裡說的，樹的顏色，玫瑰的顏色，天空或者雲朵的顏色。它們全是像陳奕迅的專輯一樣，叫做「黑白灰」。我已經好久不曾分辨出正確的顏色了，我的世界裡，總是一片曝光過度的慘白，或者，墨色浸染的黵黑。

除了她。

從教室後望著斜前方她的背影，我可以清楚知道，她的髮色是黑中帶有些微亞麻黃，在陽光的照射下，閃耀變換著深淺不同的虹彩；她的膚色白皙，像帶有香氣的奶油；纖長的手指夾著一張紙條往後遞，指甲是健康的粉紅色。

打開桌下祕密傳來的紙條，說要唱歌。黑狗大概是唱上癮了，他們覺得，這樣好的天氣還上課就太浪費了，所以決定，唱歌吧。雖然一樣是關在房間裡，而且還黑漆漆的，但至少唱的是自己想唱的歌，耳朵裡聽的聲音也是悅耳的——如果我們成功阻止黑狗唱歌的話。大家在紙條上簽名確定人數，我看見她也簽了名字在上面。

佐。玲。

簡單兩個字，細細的筆跡，我用目光跟著筆劃描繪了幾次。抬頭，她正轉身跟我使眼色，我注意到她略帶棕色的瞳孔，眼神中有著祈求，嫩絳色的唇瓣圈出「拜託」二字，我不能思考，也簽下了自己的名字。我不能決定要先選擇爸還是媽，既然對兩邊都掙扎不定，那，就先跟著去吧。

他們統計完人數，火速訂了包廂，下午三點鐘。算算路程，現在出發應該趕得及。為了不被逮到，我們兵分多路出發，我和她一起。

避開教官巡視的路線，好幸運地，我們成功從學校脫逃。到公車站牌下，我摸出書包裡的炸彈麵包，它一直是我們家所鍾愛的：長橢圓兩頭尖，像橄欖球，可以玩三人拋接遊戲；外表有一條條突起的稜線，中空的內心填有奶酥和肉鬆，味道鹹甜兼有。我仍是習慣性地買它、將它捏得扁扁的，佐玲總不能理解，為什麼我把食物搞得這麼噁心？這樣不僅口感比較紮實，奶酥和肉鬆也能緊緊擁抱在一起，不會輕易分開。

「妳說，我們會不會像電影一樣，搭上一班裝有炸彈的公車？這樣我來扮基努李維好不好？」她瞪了我一眼，「難道妳不想當珊卓布拉克嗎？那我們交換。」

她潔白的牙齒把嘴唇咬得顏色紅豔，好像在克制要罵我的衝動。知道那些話就要忍不住，我彎起嘴角等待，舉高手上的麵包，好像看戲一定要有零嘴才不寂寞，她悅耳的聲音就要脫口而出時，公車來了。

麵包還來不及咬上一口，她像是洩憤般用力拉著我跳上車。走到公車後面的座位，靠窗坐著一個打扮貴氣的女人，看起來全身上下穿戴的都是名牌，她張望四周，猶疑而欲言又止，似乎有打算隨時要衝下車去。穿西裝的男人坐在她後面，眼神陰鬱卻飄忽不定。我站在走道上發楞，不知道為什麼，看著他，有種不舒服的感覺蔓生。佐玲以為我盯著那女人看，伸出手臂就是狠狠一拐子，我跌到座位裡面，誇張地喊痛，她緊捱著在我身邊坐下，裝作若無其事的樣子。

公車繼續往前開動，往後的站陸續有人上車。楞楞地抓著麵包坐在靠窗的位置，窗外枝葉篩下陽光，街景不斷往後退，坐在悠悠晃晃的車上，忽然不曉得此刻要往哪裡去。但沒關係，只要有我和她，肩並肩坐著，嗅聞著她身上淡淡好聞的味道，公車就這樣開到天涯海角，永遠不停止，也無所謂……

「大家都不要動！」

背後突如其來的大喝讓我嚇了一跳，手上的炸彈麵包掉到座位底下，正想彎腰去撿，「叫你不要動！你在做什麼！」又一聲大喝阻止了我。我抬頭看，那個穿西裝的男人忽然站到我們旁邊，惡狠狠盯著我。

「我的『炸彈』掉了，我要撿起來。」我伸出指頭指了指地上。

「炸彈！」他突然歇斯底里起來，「炸彈是我放的！我在車上放了個炸彈！」他說這輛車某個座位底下藏了個炸彈。真是愛說笑，鬼才相信咧！

「這位先生，你在拍電影啊？」我接著對佐玲說，「嘖嘖，這人未免入戲太深，硬要加入我們的角色分配。」她推了我一下，示意我別再開玩笑了。眼看這位先生嘴唇無法控制地顫動起來，深呼吸之後用盡力氣吼出聲：

「我說，有、炸、彈！不聽話我就引爆！」這時，車上的乘客和聲完美地，同時倒抽一口冷氣。

看他的表情似乎不是玩假的，我們真的，都榮幸地在電影裡軋上一角了。公車被劫持，主導權轉由劫匪先生接管，他命令司機開往他要去的路線，左轉右轉，漸漸偏離了原先的路線，沒有人知道他要往哪裡去，我想也不會有人敢發問。劫匪先生一直在走道上來回踱步，嘴裡不斷喃喃自語。

爸會不會也經歷過一樣的事？那時候，爸的心情是緊張，還是冷靜？

劫匪先生要司機一下開往這一下開往那，我的「炸彈」隨著忽左忽右傾斜的車身滾動著，還很配合地滾到了座位深處，現在我屁股下真的有了個，炸彈。我試圖著挪動腳跟位置，想確定我座位下有沒有，嗯，真的那個炸彈，但接著又想起電影裡演的，通常這時候最好不要輕舉妄動，因為炸彈一碰就會爆炸！我的腳跟突然變得僵直無法往前移動，只好慢慢地縮回來。

「看來，我們趕不上唱歌了。」我無奈地對她說。劫匪先生此時發現我們蹺課的事實，逼問我們要做什麼。

「要去唱歌啦！管那麼多幹嘛！」佐玲沒好氣地回答他。我瞪大眼睛，有人這樣跟劫匪說話的嗎？電影裡的人質不都要保持溫馴沉默？我正擔心她會激怒劫匪先生……

「好啊，要唱歌，就在這唱吧！」什、什麼？我覺得眼珠都要掉出來了，「要唱什麼歌？快說啊，我這裡接受點歌！需不需要伴舞？這裡幾個人都任你挑！」

他的手在空中揮舞了一下，眼神跟著掃過每個人，大家都自動縮了縮脖子，恨不得縮到最小。我們兩個被命令站起來唱歌，我看了一下車裡的乘客，害他們無辜被點名，現在全用憂鬱的眼神看著我們。

「在公車上唱歌啊，放心啦我們的歌聲很好……」我腦筋一轉，「你們知不知道，『小鳥在樹上唱嘻哈』是什麼字？」

車內一片鴉雀無聲，只有劫匪先生歪著頭認真地想。

「猜不出來對不對？公布答案好了，就是『桑』字啊！因為樹木上面小鳥唱著：『又！又！又！』」我伸出右手三根手指，開心地比著手勢，但看見包括佐玲在內的全車人眼神由憂鬱轉為怨懟，我自以為好笑的笑容僵硬在臉上。連劫匪先生都覺得不好笑，真是失敗。

「快唱歌！」劫匪先生已經覺得不耐煩了，我趕緊開始原先要點唱的第一首歌，「是陶喆的歌唷！」我先宣布，然後清清嗓：「把你的快樂建在我的痛苦上／

當我在哭的時候你坐在那邊笑／你這個沒良心的王八蛋……」我看見劫匪先生的眼光變得更沒有溫度，趕緊對佐玲說：「劫匪先生可能比較喜歡女生唱歌，快點，換妳唱了。」

她雖然緊張，但也開始輕輕地唱起歌，劫匪先生似乎滿意了，下令全車的人跟著節奏拍手，坐在車頭方向的阿嬤認真照做，儼然進香團在遊覽車上的康樂活動。而他自己則走向司機去，指引前進的方向。

機會來了。

剛剛發現車上的乘客全是些老幼婦孺，看來只能靠我了。既然我分配到的角色是基努李維，那解除危機的重責大任就落在我身上。

趁著劫匪先生走向車頭，我對佐玲使了個眼色，要她繼續唱，而我則從背後搶下他手上的刀。計畫還算完美，但越過她的時候絆住了，顛簸間我試圖著要平衡，腳步發出極大聲音，最後還是不敵地心引力，跌倒了。歌聲和打拍子聲嘎然而止，我撲倒在狹小的走道中間，像一個可笑的驚嘆號！真是失敗中的失敗。

劫匪先生發現了，氣急敗壞地走過來，說要把我綁起來。坐在我們前方的女人受到他的脅迫，從為數眾多的購物袋裡拉出一綑緞帶，依照指示把我的手反綁，我朝她眨眨眼，我想我明白她的意圖。電影裡都是這樣演的，她一定會把繩結綁得鬆鬆的，這樣我還有機會掙脫，我朝著其他臉色鐵青的乘客微笑，要他們不必擔心……咦？不對啊？「怎麼，嘶——那、麼、緊？」我低喊出聲，回頭只看見劫匪先生的冷笑。不曉得是她沒看過電影，還是劫匪先生已經看過了，總之，我雙手反綁得緊緊的，被丟回原來的位置，原來電影裡的英雄沒那麼好扮演。

「這樣一來，應該沒有人敢再作怪了。」劫匪先生對著我，冷冷說道。其他老弱婦孺看見如此慘烈的前車之鑑，紛紛低下頭去，就算有過什麼想法，現在也不敢付諸實現。

我頹然癱在座位裡，「唉，這時候只好大叫『破喉嚨』了，妳要不要試試？」

佐玲不懂，問我為什麼？

「因為這樣『沒有人』就會來救我們了！壞人不都說『妳儘管叫破喉嚨吧，沒有人會來救妳的！』既然已經這麼幸運了，我們要不要來賭賭運氣？哈哈！」她氣得眼眶泛紅，問我為什麼到這時候了還笑得出來。我也不明白，但對我而言，說笑話就像是取代了流淚一般，成為自然而然的反應，越是激動，就越是容易發笑。

曾經，我也這樣不加思索地說了一個又一個笑話，讓媽笑到揉腸子。既然給所愛的人歡樂是那麼容易的事，為什麼不做？為什麼要輕易放棄？我微笑看著佐玲，不曉得平常那麼容易逗笑的人，今天怎麼不笑了。

公車開到一個建築中的工地終於停了下來。我不懂劫匪先生為什麼要來到這裡，但他開始表現出不安，乘客們也跟著驚慌起來，剛剛提供緞帶的購物袋女人提出要求，希望劫匪先生讓她叫請快遞來，她想要把手上的蛋糕送給今天過生日的女兒。

我的精神又來了，「那就要叫最有名的快遞囉！你們知道是哪家快遞嗎？」購物袋女人瞇起眼睛投射過來可怕的眼神，彷彿我若破壞她的快遞計畫，她就非要用購物袋裡各式各樣奇怪的東西，置我於死地不可。

反而是劫匪先生很好奇答案，一臉期待。「噹噹！我要宣布答案囉！」似乎全車的乘客都豎起耳朵聽了，「最有名的快遞就是王老先生。」這裡要停頓三秒鐘，給大家有機會想一想，「因為王老先生有塊地（快遞）呀！」我說到最後還唱了起來，以為這樣應該可以打動佐玲的。結果所有人都鬆了一口氣，有的還露出微微的笑，劫匪先生非常開心，答應叫王老先生的快遞來，我的笑話總算成功。

但我最希望能博得歡心的人卻哭了，她開始哭著跟我說，對不起。

佐玲告訴我，她愛的是我們的另一個同學，祐芬。我愛的她愛上另一個她。

「我早就知道了。」我只能這樣說。

是的，我早就知道了。

祐芬曾經要我去追求佐玲，我做了。不是因為祐芬的請求，而是因為，我是真的很喜歡佐玲。喜歡她內雙的眼睛；喜歡她削短的髮尾；喜歡她不服輸的倔強；喜歡她的一切一切。我望著她的側臉，到現在，她仍舊是如此美麗，掉著眼淚跟我說：對不起對不起對不起對不起。我突然覺得一陣心痛。

佐玲問我為什麼喜歡她，我搬出她應該會喜歡聽的說法：「因為妳活潑開朗啊，因為妳長得很可愛啊，因為妳很有自己的想法和主見啊，因為……」

妳是我在這世界上，唯一可以看見的顏色。

她沒有聽完我的回答，眉頭深鎖，逕自陷入沉思。沒有笑容就算了，我更不想看見她垮著臉。我們的生命如此充滿不確定，萬一只剩下最後這一點時間，更應當要把握。

「我書包裡有手機，妳打電話給祐芬吧！告訴她妳的感覺。」我對佐玲說，

「還有，要他們先進包廂，我們會……」我看看劫匪先生，「晚點才到。」

她問我為什麼會有手機？號碼多少？為什麼連她都不曉得？是啊，這隻手機號碼是我特地挑選的，988-988，只有少少幾個人知道，幾乎沒有響過；但今天早上，它竟然響了兩次，告訴我，那些終於要面對的事。

她拿出手機撥通了號碼，開始和祐芬說話，我卻想起今天早上，我與手機那頭的對話。第一通電話告訴我，失蹤好久的爸找到了，不過現在人在警察局。他們嚴肅地說了個爸被捕的罪名，似乎很嚴重，但我沒聽清楚，只是心中慶幸，終於終於，爸找到了。

爸從什麼時候開始，變成了我們家一個虛無縹緲的名詞，他的生活重心在遊歷浪蕩，而我和媽生活的重心，就在等待他的消息上。我每天看報，期待卻又害怕在社會版面上看見他的名字；偶爾也去查公告的無名屍體，靠著貧乏得可憐的記憶，比對所有疑似可能的特徵，只怕錯過任何與他再度見面的機會。只要讓我知道爸的消息，不管是好是壞，總算也是心中大石落地。

我幾乎想像過所有和爸相見的場合，模擬和他的對話；幻想我會看見活著的他、死去的他，或者，他的一部分。唯一稱得上開心的，是在家裡的戶頭偶爾莫名其妙多出一筆錢，那時才能稍稍寬慰，告訴自己：爸是還存在這世間的，他沒有忘記我們。只是過了幾天，確定感消失，我又開始重複的尋找比對，等著手機響起。

偶爾一次機緣中，經過輾轉聯絡，找到了爸的朋友，我連忙託他將手機號碼轉告爸，請他務必要爸與我聯絡。號碼是專為他選的。我期待手機響起，可以聽見爸的聲音；可以當面看著他，叫他一聲，爸。

手機在今天響了。雖然不是爸的聲音，卻讓我知道，我還有機會與他說話，我真的好高興。運氣怎麼那麼好！

104

臺北市復興北路三八六號

三民書局股份有限公司收

廣告回信

台灣北區郵政管理局登記證

北台字第10380號

（免貼郵資）

姓名： 性別：□男 □女

出生年月日：西元 年 月 日

地址：

電話：（宅） （公）

E-mail：

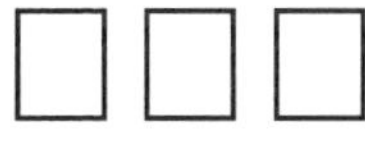

想第一時間告訴媽這件好消息，但就在那時，手機又響了。這次告訴我，媽再也等不到跟爸說話了。

爸消失之後，媽雖然每天在我眼前可以看得見，但我卻清楚地明白，她身體裡的什麼也開始一點一點地，消失了。先是體重，然後是強顏歡笑的笑容，慢慢地，媽的心思也不見了，再也記不起來關於這世間的點滴，她的世界裡只有我，和爸。她一天到晚惦記著要找爸，也花了所有的心力去尋找；慢慢地，媽開始衰弱，健康從她的身體離開。她像水裡養的一株水草，不知為何，給夠了光線和營養，但它就是自己萎靡了：先是顏色由綠轉黃，然後軟軟地傾倒下去，彎腰到底，隨著水波好無辜地擺動身肢。

我開始進出醫院，那淒愴慘白的顏色以及終年不散的消毒水味道，讓我怎麼都難以習慣。有太多時間，我只能獃在病房裡，陪著媽。她沉睡的時間多，偶爾清醒過來，也總是睜大著眼睛望向天花板，那眼神沒有焦距；我好害怕。害怕她會不會如同將其他人推出她的世界一樣，也忘了我，忘了爸，只好每天每天提醒她，我是她的誰，她是我的誰。後來發現她喜歡聽我說笑話，我開始用笑話來刺激她的反應，至少，當她真的忘了我，還會記得那些笑話，記得那個總是說笑話給她聽的男生。

可是，媽已經好一陣子沒有醒過來，聽我說的笑話了。

我仍舊進出醫院。白天從醫院出來，太過耀眼的陽光讓我睜不開眼睛，舉目所及的視野盡是慘白，常以為還在病房裡；夜裡從醫院出來，必要經過的路有一段是沒有燈的，由明亮處到黑暗中，光線的轉換讓我只好閉上眼睛適應。但當我睜開眼，卻發現和閉上沒什麼不同，仍舊是浸在墨色當中，走也走不出來。

我不曉得，這世界還有什麼顏色。

窗外圍觀的人開始多了起來，記者和警察都來了，朝我們拍照喊話，SNG 車一輛接一輛駛近，鬧哄哄的噪音漸漸多了起來，眼看就要激怒劫匪先生了。我知道，電影裡的炸彈就是等著被引爆的，為了票房，一定會有壯觀的爆破場面，不管人質最後有沒有被救出。

我轉頭對佐玲說：「留給我下輩子吧，如果下輩子妳喜歡男生了，請記得早點通知我，因為我有優先選擇權喔！」

我看不清她的表情，因為我的視線被即將奪眶而出的淚水模糊，再也看不清。

劫匪先生終於失去耐心，拿出引爆器，他開始倒數：「三、二、一。」我好像聽見早上老師放的那首英文老歌：

The colors of the rainbow, so pretty in the sky
Are also on the faces of people going by,

I see friends shaking hands, saying "How do you do?"
They're really saying "I love you."

那一刻終於來臨了。圍觀的人們彷彿知道劫匪先生的意圖，他們朝遠方跑去，嘴裡還大聲嚷嚷些什麼，一切動作彷彿拍電影那樣，一格一格被放慢了。我閉上眼睛想著，現在幾點？黑狗他們或許已經拿起麥克風唱起歌來了，想起他那鬼聽見也想死的歌聲，我忍不住哈哈大笑起來。

吳雅萍

生長於璀璨陽光的城垣。喜歡步行，一個人出發流浪。自以為是導演，注意眼神光影等細節，並對一切事物保持高度好奇心。美其名是收集資料，其實……

作品散見各報及紫石作坊故事合輯。曾獲雙溪現代文學獎散文及小說獎。

第三九〇〇次「我愛你」

只要想著那人，
用無形的筆在心底勾勒出我心儀的模樣，
默念著那美好的名字，
然後說「我愛你」，
我就會不可思議地平靜下來。

阿　法

「××，我愛你。」

這是第三千八百九十九次，我在心裡這樣默念著。

這句話就好像一個咒語，不論當我感到空虛、孤單、慌亂或者茫然的時候，只要想著那人，用無形的筆在心底勾勒出我心儀的模樣，默念著那美好的名字，然後說「我愛你」，我就會不可思議地平靜下來，好像從烏雲密布的空中突然有大片的陽光灑落。

即使是當前的緊急情況下，這個咒語依然有效，我的心情安定多了，睜開眼，宛若電影般的情節已經紛紛定位，讓我稍微理解在現實裡頭到底發生了什麼事情：一分鐘前，一個身著西裝的男子，突然掏出一個引爆器，向所有人宣布，公車上裝了炸彈，已經被他劫持了。

事情怎麼會變成這樣呢？應該回溯到上午，第二堂下課時，祐芬突然拉著我躲到角落，說道：「下午的課好無聊，我們蹺課去唱歌好不好？」我還來不及表示意見，她就接著說誰啊誰的都要一起去，要是我拒絕就太不夠意思了。我總是無法違逆祐芬的要求，只得點頭答應。

為了避開教官，我們刻意分批離開校園，我和阿振同一批，這也是我們之所以在同一輛公車上的原因。

這樣說也有點毫無頭緒，或許時間可以再往前回溯一些，到高二的學期初。

阿振、祐芬跟我是同學。雖然同樣是高二，阿振卻比我們大一歲，他曾經留級一年，原因卻沒人說得清楚，有人說是他家裡太窮，有人說是成績不好，也有人說他打了教官一棍因此休學一年。總之跟他有關的都不是太好的事情。

祐芬喜歡阿振，從很早以前我就知道了。她刻意接近阿振，介紹我們認識，經常找藉口一起聊天、吃飯，私底下老跟我提阿振如何如何的，聽得我的耳朵都快起水泡了。

阿振也的確有他奇妙的魅力，他不是多話的人，一雙銳利的眼睛，彷彿老是在分析這個世界。在他的眼底，世界到底看起來像什麼呢？是一堆方方正正的程式？或是一團華麗虛無的泡沫？但我不是那麼喜歡他。因為看到他就好像看到我自己，那種被壓抑的部分，好像困在籠子裡的獸。或許被束縛的理由不盡相同，被束縛的事實卻是一樣的。

我嚮往的是，祐芬那樣天真爛漫的個性，她總是有許多的夢想，然後會一次一次地跟我訴說，在那幼稚而重複的過程中，我們飛翔了，好像禱告一千次之後，被天使接到樂園一樣。

即使阿振跟我開始交往，祐芬的笑容依然沒有蒙上陰霾，她自嘲地說道：「唉啊，怎麼慢了一步。你們要好好交往喔。」然後我們依然是好朋友。

不是這樣的，祐芬，我會跟阿振交往，完全是因為妳。因為我想要傷害妳，摘去妳的翅膀，讓妳從雲端墜落。所以當阿振告訴我，想試著跟我交往時，我馬上就答應了。可見得他心裡根本沒有妳。

說來，我的背叛才是整件事的開端。祐芬，妳知道嗎？**我・們・根・本・不・算・朋・友**。

我的思緒拉回眼前的混亂。綁匪宣布他在車上放了炸彈，並警告所有乘客不准輕舉妄動。這男人在嚇唬我們嗎？經常可以看到疑似爆裂物其實只是廢紙之類的新聞，但從他冰冷的表情看來，又不像是說謊。他有什麼目的？是恐怖組織、一個憤世嫉俗的狂人，或者只是一個精神病患？想到他剛剛還若無其事地坐在我們的後方，就讓我感到一陣不寒而慄。

其實我又有什麼資格去批評他呢？我不也是帶著無辜的假面，去傷害朋友的兇手。

「嘿！妳看什麼看！」

我愣了一下，他又繼續咆哮道：「就是妳！」然後指著我，朝這裡走來。

他打量著我的書包（我們已經換了便服，書包卻沒有藏起來），然後問道：「你們還是高中生？」

我點點頭。

「不上課在這裡幹什麼？」

隔了半晌我才不太甘願地說道：「要去唱 KTV。」

「不好好上課，唱什麼 KTV！」

我們都已經蹺課了，不然你想怎樣？我不耐煩地想著。

不料他卻說道：「既然那麼愛唱，你們就在這裡唱個夠吧！」

我跟阿振都莫名其妙地看著他，在一輛被挾持的公車上唱歌，這太匪夷所思了，就好像華納兔寶寶突然跳出來敲你的頭，把你變成一隻火雞。

吧。

我本來不肯，但是阿振悄聲要我配合。真是太荒謬了，他恐怕真的精神失常唱了沒幾句，阿振突然趁機撲向男人，想要制服他。可是男人的反應更快，立刻拉住站在靠走道側的我，用力地勒住我的脖子。受到粗魯的對待，一陣疼痛滲進皮膚直透骨髓，我才逐漸有了「真的被挾持」的現實感。

為了怕傷害到我，阿振只好就範，男人要女人用剛買來的緞帶，把阿振的手腳綁起來。被紮得五顏六色的阿振，看來十分可笑，但我笑不出來。男人把我摔回座位上。

「對不起，都怪我。」沉默了一會兒，我先開口說道。

阿振搖搖頭，說道：「這不是妳的錯。」

「其實你根本不需要顧慮我，救你自己就好了。」我繼續說道。

「我沒辦法。」隔了一會兒阿振才說道。

我疑惑地看著阿振，問道：「沒辦法什麼？」

「看妳受傷害。」

我愣愣地看著他，不知道該說些什麼才好，「因為我喜歡妳。」阿振繼續說。

因為喜歡，所以不願意對方受傷，沒想到看來深不可測的阿振，面對感情的邏輯居然那麼簡單？相較之下，想要傷害祐芬的我，何等不堪？阿振，你看清楚，我的心是這樣的醜陋，根本不值得你為我付出啊！

公車駛離正常的路線，不久停在一個荒廢了的工地。時間分秒過去，外頭似乎有些騷動，是記者，不知從哪聞訊而來，警察反倒還沒出現。劫持犯不斷地看著手錶，是在等待什麼嗎？他似乎相當緊張，天氣不熱，車內又開著冷氣，他的汗水卻不斷地流下……

「我們恐怕難逃一劫了……」看著劫匪，我若有所思地說道。

「不要胡思亂……」

「我說真的，」我打斷他的話，「你看，從剛剛到現在，他什麼要求也沒有提出，只是一直在看時間。他大概想等記者聚集之後，大家同歸於盡，讓全國觀眾看到……」

聽了我的話，阿振沒有說什麼，他大概早已察覺我所說的。

我們並肩坐著，好像可以聽到生命流逝的聲音，我們不是還有很多夢想沒有實現嗎，怎麼一下子就走到盡頭了？

我看了他一眼，然後撇開，問道：「你，喜歡我哪點？」

阿振大概沒有預料到我會這樣問，愣了一下，才說道：「我覺得妳很漂亮，很有想法，又很積極，知道自己想要的……」

「夠了，不要再說了。」對於我的激烈反應，阿振似乎有點愕然。

「對不起……我是不是說錯什麼了……」

沉默了半晌，我才說道：「沒有，不是你的錯，應該對不起的人是我。」

對啊，都是我的錯，要不是我的自私，要不是我想傷害祐芬……要是我當時拒絕了阿振，現在阿振就不會在這輛車上面。他應該會和祐芬交往，兩個人搭同一班公車，然後從電視新聞看到我被炸死。他們會抱著哭，阿振會安慰祐芬吧，祐芬最愛哭了。我先到另一個世界，笑著祝福他們，應該是這樣才對。

「你所說的……我根本不是那樣的人……」

從小到大，我都是按著別人的意思在生活，為了不讓他們失望，所以我捨棄了自己的想法，把他們的期望當成我的期望，然後很認真地去做，認真得好像那就是我原本的想法。不管是面對父母、師長、同學、朋友，都是這樣。我不敢說出自己的真心，因為我怕大家知道真實的我以後，會失望，會難過，所以我不斷地壓抑著。等到長大以後，就可以如何如何，這是我用來催眠自己的咒語。對啊，只要再忍耐一下，等我長大了、獨立了，一切就沒問題了。那個時候，我大約二十三歲吧，頂多二十五歲，應該還有足夠的時間，去追求自己想要的人生，隨心所欲，把先前的遺憾一口氣補回來。誰知道，這一切馬上就要落幕了呢？我有好多想做的事情還沒做，很多計畫沒有完成，甚至，我根本沒機會真正說出「我愛你」……我真的好不甘心喔，事情為什麼會變成這樣呢？如果這是一種懲罰，對於我的自私和怯懦，未免也太殘酷了……

「而且，還有一件事，我必須告訴你，」我繼續說道：「其實……我根本不喜歡你。」

我不敢看阿振，我怕看到他受傷的表情，我怕自己的自私被指責，我怕……其實，這一切的恐懼都已經沒有意義了，我真是膽小得徹底。阿振，看清楚，我就是這樣的人，怯懦、卑鄙、自私，根本不是你所想像的那樣啊！

阿振打算要說什麼，我阻止他，但他還是要說。我真想挖掉自己的耳朵，好阻止他的聲音進入腦中。

徒勞無功，他的聲音那樣清晰，「我早就知道了，妳另有喜歡的人，」這話把我嚇了一跳，他怎麼會知道？「而且，就是她來拜託我跟妳交往，要我好好對待妳的。」

我不可置信地看著阿振，世界好像一瞬間整個翻轉過來，就算公車這個時候陷入一片火海，也沒有我當下所受到的震撼那般強烈。

一會兒，我才頹然地笑了出來，原來，真正被蒙在鼓裡的是我啊！我嘆了一口氣，我一直以為，是我機關算盡，其實啊，都是別人的好心好意，只是我自己蒙上了眼睛，什麼都看不到罷了。我真不知道該哭還是該笑，所有的感覺混雜在一起，就像一盤調錯味道的火鍋沾料。

拜託阿振來喜歡我，這的確像是祐芬會做的事情，她總是這樣為我設想。就像那個晚上，我告訴她，我可能喜歡女生比較多時，她比我還困擾，哭得比我還難過。

「不過，我是真的喜歡妳，才會答應的，所以妳不用感到愧疚。」

我們又陷入了沉默當中。

我想起跟祐芬剛認識的時候，在一堆十七、八歲的女生裡頭，她的青春看來格外耀眼，就像用了不同顏色的墨水寫成。

妳叫佐玲啊？我是祐芬。真巧耶，妳看，我們一個左，一個右，剛好是一對，左邊沒有了右邊，就不是左，右邊沒有左邊，就不是右。所以我們要一直在一起，做永遠的好朋友，好嗎？

我們永遠都會是朋友，也永遠都只是朋友。

我只是沒想到，她對友誼的執著，超過了對感情的追求。

阿振說道：「我的書包裡有手機，打給她吧。」

我看著他鼓勵的眼神，猶豫地、緩慢地、拿出、按下、熟悉的號碼……

「佐玲啊，妳和阿振在哪裡，怎麼還沒有到呢？」那頭傳來的，依然是天真美好的聲音。

我稍微停頓了一下，才繼續說道：「嗯，我們發生一點狀況，可能沒辦法趕到了，你們就先唱吧，不要管我們。」

「是出車禍嗎？現在車子都開很快，你們不要緊吧？乾脆搭計程車好了……」

不知道為什麼，聽到祐芬的聲音，總是讓我感到安心，好像整個世界並沒有改變，屬於我們的人生仍會繼續前進。

「我有一件事要跟妳講，妳要注意聽喔，我只講一次，不會再講了。」

我想像電話那頭祐芬的表情，她現在應該很用力地點著頭吧？

「妳知道為什麼我要跟阿振交往嗎？」電話那頭的呼息好像突然一緊，儘管選擇了放棄，她對阿振仍是在意的，「其實我心裡早就有喜歡的人了，我喜歡她很久了，從我們剛認識開始，我就愛上她了。她就像雨後的陽光一樣，突然間把我的世界整個照亮了，所以……」

祐芬突然打斷我道：「不要再說了，我不想聽。」

我苦笑了一下，繼續道：「祐芬，拜託妳繼續聽下去，我只說這麼一次，我保證，以後都不會再說了，好嗎？」

電話那頭沒有回應，只聽得見隱約的歌聲和熱鬧的樂音。

「雖然我那麼喜歡她，但是我還是跟其他人交往了，妳知道為什麼嗎？」我停頓了一下，深深地吸了一口氣，才能繼續說道：「因為啊，我交往的這個人，就是她最喜歡的人。我心裡想，如果我橫刀奪愛，她就會討厭我，跟我絕交。因為我希望她能夠徹・徹・底・底的討厭我……」

我無法違逆她的想法。她要我分享她的夢想，我就成為她的翅膀；她要我跟她做一輩子的朋友，我就做她一輩子的朋友；她要我不能愛她，我就不說愛她。但是那樣對我來說，太痛苦了。所以我寧可她討厭我，親口和我絕交，那我就會離開她……

痛快地死去，總好過活著的淩遲。

「可是，我卻怎麼也沒有想到，居然是她拜託那個人來追求我的。妳說，是不是很好笑呢？」

「妳都知道了？」祐芬的聲音有點斷續，「對不起，我不是故意的……」

回想起那個夜裡，我炫耀似地告訴祐芬，阿振想要追求我，而我也答應他了，我還天真的以為我已經成功了。

「應該說對不起的是我吧，都是因為我沒有勇氣，才會變成這樣……」

因為我沒有勇氣，不敢坦白自己的心意，又自私地利用阿振替自己做出決定，才會造成如今無可挽回的局面。這是再多的對不起都無法彌補的。我一直以為我還年輕，還有很多時間，如今才發現，時間只是剛好站在年輕的這一邊，卻不總是同一邊。

阿法

第三九〇〇次「我愛你」

前方似乎又起了騷動，

「沒時間了，祐芬，」

我看到男人高舉著引信，似乎打算引爆，

「我只說一次，妳要聽清楚喔，」

這齣鬧劇終於要畫下句點了，

「林祐芬，我・愛・你。」

她說些什麼呢？我來不及聽了。第三九〇〇次，我終於親口說出。車廂裡面好像變暗了，是因為天色已晚，或是因為我的生命將要終結？我的齒牙哆嗦，骨頭顫抖地好像快被拆碎，耳蝸裡充斥著高分貝的咆哮驚呼……或許眼前將要陷入一片火海地獄，然而只要閉上眼睛，就會被那柔和溫暖的陽光包圍。已經為人生做出選擇的我，不再感到恐懼……

阿法(@fa)

由翁紹凱飾，習慣把人生當一場戲，寫與被寫都是一種演出。臺大中文系畢業，曾獲時報文學獎，作品有《夜集》、《寂寞的鞋》等。在pchome有新聞臺「寂寞抗體」，個人電子報《日光城市》。

冰淇淋幻想曲

他以為這樣就可以看出真相嗎？
實在太天真了。
長久以來，
我早就已經把我的臉部神經訓練得
跟冰淇淋一樣冷了。

林嘉慧

公車終於來了，謝天謝地。逛了這麼久，腳都軟了，簡直要變成兩灘漿糊。

我開始認真思考是否有必要常常去逛折扣季。我仔細地計算了一下，發現我今天碰到的人和碰到的衣服比例是五比一。既然我想逛的是衣服，又不是人，我有必要這麼辛苦地淌這場混水嗎？再說，除了看得到原價的標籤外，折扣季中的百貨公司跟大賣場也沒啥差別。

「太太，妳的車來了。」

「喔，謝謝啦。」我對那小女生點點頭，掛上感謝的微笑。

「妳先生應該陪妳來的，妳肚子裡有小寶寶呢！」

「他今天加班啦。再說，我也是瞞著他來逛週年慶的。」我換上靦腆的笑。

「不過妳一個人很辛苦的……」

「不會啦。我和寶寶也要運動一下，整天躺著坐著也不太好。」我在靦腆的笑容中努力摻雜一點幸福的紅暈，感謝週年慶又悶又熱，紅暈製造得很順利。該死的公車，在車潮中遲遲疑疑地移動著，始終咫尺天涯靠不到站牌。再這樣下去，那小女生就要把預產期和寶寶的星座都算出來了。唉唉，那有個空隙，你這混蛋公車快給我鑽過來啊……

「……太太，不好意思，我可以摸摸妳的肚子嗎？」

「當然好啊。」我挺起肚子：「謝謝妳陪我等這麼久。」

「不會啦。」小女生帶著神聖的表情把手放在我的腹部：「寶寶什麼時候要出生啊？」

「嗯……」什麼時候？到底是什麼時候呢？

此時公車終於開竅了，拿捏住瞬間的時機，閃過勢如洪水的車潮，用一個漂亮的四十五度角切到人行道。

「啊，抱歉。我得上車了。」我拿下她貼在我肚腹的手掌，用一個漂亮的三十度角切進公車。

我把自己擠進公車，順便也把今天得來不易的戰利品擠進來。呼呼，再一次感謝天地，還有位子。我把扶手扳起來，腳力一鬆，整個人就陷下去。椅墊發出「啵」一聲悶響，此時聽起來分外的清脆迷人。

小女生在車窗外對我揮揮手，我也舉手致意。一抬手，一個購物袋掉在我的肚子上，一陣冰冰涼涼的觸感傳來。啊！我都忘了，我還買了冰淇淋，等了這慢開竅的公車這麼久，一定都要融了，得趕快吃掉才行。

懷孕有什麼好處呢？除了可以肆無忌憚地吃冰淇淋以外（這實在是莫大的好處啊），在逛週年慶時也有些好處的。

譬如說，當人們在搶M和S的尺碼時，那L或XL總是在那邊悠閒地等著我；也可以在人滿為患的試衣間慢慢挪動身子，而不用擔心任何人抱怨；也可以在大排長龍的廁所裡得到優待。

「啊，太太。我不急，妳先請吧。」

「太太，妳慢慢來吧。」

我所要做的只是點頭、微笑、輕聲道謝及偶爾應付一下多事的人。

「唉，太太妳怎麼一個人逛？」售貨小姐問：「先生沒陪妳來？」

「他今天沒空啦。」我說：「他的卡有空就好。」

售貨小姐們爆出一陣笑。三八！真不懂這有什麼好笑。我家那死人全身上下大概也只剩這張卡可用，其餘的看了就礙眼。

「太太，」小姐接過卡，回頭看我：「妳怎麼不買孕婦裝呢？」

「我不喜歡孕婦裝的樣式。」我說：「再說，等生完孩子，孕婦裝就不能穿了，這些衣服改改還能穿。」

小姐信服地笑笑，轉過頭劃下信用卡，俐落地像劃下一刀。這一刀大概是劃在那死人的心頭上吧？希望她劃得夠深、夠利、夠狠。

我回過神來，把思緒放回手中的冰淇淋桶。公車搖搖晃晃地開著，突然一個緊急煞車，我重心不穩地往前急傾，一桶冰淇淋幾乎都要倒在坐在前座老太太的頭上。我透過照後鏡瞪了司機一眼，還是個女的，怎麼這樣魯莽？

「你說什麼？」女司機一臉愕然地望著站在身旁的一個男人：「再說一遍！」

「叫妳向左轉。」

「剛跟你說了，路線是向右不是向左。先生，你搭錯車了。」

「叫妳向左就向左！」

我轉而瞪向那個男人。真是神經病！怎麼有人連公車路線都不會看？連搭錯車也會發脾氣？不過這也不是新鮮事，我家那死人也差不多。上回開車轉錯了條單行道，也是在車子裡發飆，好像只要飆一飆、罵一罵，路就會自己轉向似的。路不轉人轉，有什麼大不了的？他就是整天都想不開。沒看過他那瘋樣，大概沒人相信他會有這種德行，他在人前也跟這男人一樣一副西裝筆挺、人模人樣的正經樣。

那男人跟那女司機在那邊「向左」「向右」地爭來爭去，我把冰淇淋捧穩繼續吃。這女司機也太沒魄力，繼續開就好了，管這麼多幹嘛？

男人的聲音突然大起來：「炸彈！」

「啊？」

「我在車上裝了炸彈！」

我差點把嘴裡的冰淇淋噴出來。他這一招可把我家那死人打敗了，這瘋樣可無人能及。

男人緩緩地轉過身，面向公車的小走道。我感到他的眼光在我的肚子上停了一下，臉上隱隱露出厭惡，然後慢慢把視線投向後方。

「各位，」男人冷冷的說：「早在你們上車之前，我就在車上裝了炸彈了，在某個座位底下，請各位不要輕舉妄動。」

身後一個嬌嫩的女聲尖叫了一下，前頭的老人發出一陣窸窸窣窣的聲音，把身旁的孩子緊緊摟住。

「不准往下看！」男人大吼了一聲：「再有人動一下，我就立刻把炸彈引爆！」

「先生，你不要開玩笑。我還趕時間，我急著要回家。」

「我們要去唱歌！會來不及的！」嬌嫩的女聲急急叫著。

「這不是玩笑。」男人轉頭望向司機：「妳，開車。向左轉。」

他說完話，又立刻轉回來面向乘客。他的眼光又掃了我一下，依然是帶著那種嫌惡的鄙夷。

我忽然感到一陣噁心。他那種嫌惡的眼光簡直跟我家那死人一模一樣。

那天晚上，他也是那樣冷冷地瞄過我的肚子，嘴角那樣冷冷地往上翹。

「妳懷孕了？」

「沒有。」我盯著電視，捧著冰淇淋吃，盡量把語調降至跟冰淇淋同樣的溫度：「我只是胖了。」

「是誰的孩子？」

「你有完沒完？」我把最後一口冰淇淋舔乾淨：「我就說我只是變胖了。」

他的手揮過來，把我手中的冰淇淋桶子打出去，「砰」地一聲，桶子擦過垃圾桶，掉在鞋櫃前面。

還好，我已經吃完了。

「差一點點。」我說：「你再打大力一點，就可以直接進垃圾桶了。」

他盯著我直看，眼神用力得叫我想笑。他以為這樣就可以看出真相嗎？實在太天真了。長久以來，我早就已經把我的臉部神經訓練得跟冰淇淋一樣冷了，再嚴厲的目光都可以用薄薄一層臉皮擋回去，比什麼「靠得住」都還要滴水不透。

我面無表情地回瞪著他。

「那麼，」他的眼神緩下來：「不要再吃冰淇淋了，都已經這麼胖了。」

「那有什麼關係？」我想站起來回房睡覺，不過一時站不起來，坐太久，腳都麻了：「你會在乎我變胖？」

「我是不在乎。」他冷笑著：「不過，妳的A先生不太可能不在乎吧？」

我把全身的力氣集中在腳部，終於站起來了。

「隨便你怎麼說。」我說：「我要睡覺了。」

「吃完了就睡，就像豬一樣。」

我若無其事地躺在床上，心裡突然感到一陣輕鬆。看來他是真的相信我只是變胖了，而不是懷了孩子。

哼！他有什麼資格當丈夫？他連我的身體狀況都摸不準了，更何況看不見摸不著的內心世界？

「嘿嘿，你看！那是不是炸彈啊？」

「不是啦，妳眼睛有問題喔？那是那個孕婦的小腿啦。」

「喔，這樣啊。那小腿真胖啊，看起來真不像是人的腿。」

身後傳來一段低語聲，我一下子回過神。真糟！我下意識地摸摸小腿。真的已經胖得不成樣子了嗎？以纖細著稱的小腿已經不復見了嗎？好像是。我以前可以一掌就扣住自己的腳踝的，現在實在有點困難，事實上，連彎下身要摸到腳踝都有點吃力。

「這邊往右，好，」男人說著：「下一個路口左轉。」

公車越開越遠。這下可好，離回家的路越來越遠了。等我回家該怎麼跟那死人解釋？這下可不是劈劈冰淇淋桶就可以解決的了。

「不行不行……等等……」男人突然像念咒一般自言自語起來：「好好好好……我會做的我會做的……不管你想要什麼，我都會幫你實現……一切都如你所願，如你所願如你所願……」

看來真是個瘋子。我這輩子可真是高潮迭起啊，短短三十幾年，就已經看過有人對單行道發飆，也見識過有人在公車上說什麼如你所願的，真是不枉此生啊。

「先生，」一個女孩迅速地站起身：「我們要下車！我們跟人家約好要唱歌的！我們快要遲到了！再不走就趕不上包廂的訂位時間了！」

那女孩看起來像個高中生，長得十分苗條高䠷，身旁站了一個看起來也像高中生的男孩。我忍不住瞄了瞄她的腿——真漂亮的腿啊！又直又修長的腿，只在小腿處略略隆起，彎成一個優雅的弧度。我從前的腿也是這樣的吧？

若真要講到如我所願的話，我現在只希望我的小腿變得跟以前一樣纖細。

「唱歌?!」男人一愣，低喊了一聲：「要唱就在車上唱！下車唱什麼歌？」

「我跟你說了，我們快來不及了！」女孩似乎急了，不斷跺著腳，兩隻形狀優美的腿跟著抖動著。

男人很困擾似的望著她，突然又開始喃喃自語。他的頭向左邊歪了一下，又向右邊歪了一下，好像在傾聽什麼，又好像想把自己的頭扭斷似的。忽然間，他兩眼睜得圓圓，彷彿眼前出現了可怕的奪命鬼怪似的。

「要唱，」男人呆了一下，猛然大喝一聲：「現在就唱！」

女孩子似乎被嚇到了，立刻靜了下來。男人呆滯地瞪視著前方，過了半晌，眼光又突然掃過我的肚子。他眉頭皺了一下，隱隱帶著厭惡和不耐。

我觸到他的目光，突然全身發冷，那死人的話聲又隱約在耳邊響起：「妳的A先生不太可能不在乎吧？」

A？他在乎嗎？

那天好不容易有機會見面，他把我抱在腿上，沒過一會兒就笑著把我放下來。

「哎呀，我可要好好鍛鍊一下了，現在連妳都抱不動了。」他拍拍我的大腿：

「妳先生都沒說什麼啊？」

「說什麼啊？」

他不答，只是微笑著瞄過我的肚子。

「這個啊。」我笑著抱住他的脖子，心裡甜滋滋的，也該是時候告訴他了：「他挺好騙的，他真的相信我只是變胖了呢！」

「相信妳只是變胖？」A變了臉色：「為什麼說是騙他？妳本來就只是變胖了啊。」

我放開他的脖子，猛地跳起身。這是什麼狀況？我的騙術太高明了，一下子騙倒了兩個男人？

「我沒有變胖。」我緩住氣息，太激動對小寶寶是不好的：「我懷孕了，是你的孩子。」

他看著我不出聲。我不禁心頭一抽。也許我逼他逼得太快了，他可能沒有預期會有這種狀況。

林嘉慧

冰淇淋幻想曲

「老天！」過了半晌，他長長地呼出一口氣，哈哈笑出來：「妳裝得真像，我差點被妳唬住了。別以為我連這種生理常識都沒有，妳每個月的生理期都很正常，妳才沒有懷孕，發福了就說一聲嘛！」

「我真的懷孕了！」我急了：「只是有時候有些異常的出血！」

「別鬧了。」他的笑臉冷下來，帶著一種十分熟悉的嫌惡：「我才不相信妳有本事每個月準時十八號異常出血！」

那晚我恍恍惚惚地回到家，迷迷糊糊地倒在床上，沒過多久就睡過去。我睡得很不安穩，夢境一個接著一個。在夢境裡，我家那死人的臉和A的臉竟異常地相似，我怎麼分都分不清。我夢見我的肚腹裡傳出嬰兒的哭聲，大聲地哭著、尖叫著，我低頭一看，只見我肚子裡脹滿了大塊大塊的脂肪，不停地啃噬著我的嬰兒。嬰兒一片一片地被扯開、被吞食，最後只剩下一雙無辜的眼睛求救似地望著我。我想救他，卻不知道該怎麼做，不過一切都來不及了，脂肪慢慢佔領了我的肚腹，嬰兒變成一灘血水。

我尖叫著醒來，用力想要把這個夢忘掉，然後開始仔細地思考。為什麼A會不相信我？這是如此顯而易見的事實啊。也許是他只是不喜歡我變胖後的樣子？

吃過早餐後，我把臉孔湊向馬桶。我試著把手伸進喉頭，用力地摳了幾下，但只是乾嘔幾聲，什麼都沒有嘔出來。我感到喉嚨似乎有股極大的吸力，似乎堅持只進不出，我差點連手指都拔不出來。

「妳在做什麼？」一聲不懷好意的笑傳來：「妳還說沒有害喜？」

「本來就沒有。」我堅持著：「我只是覺得我吃太多了，想吐出來一點會比較舒服。」

「妳在催吐嗎？妳若得厭食症可會成為天下第一大奇觀的。」他走了開去，換了上班穿的襯衫，臨走時不忘冷冷地丟下一句：「妳的A先生果然在意吧？」

是嗎？A真的在意？

之後幾天，我都持續地試著在餐後催吐，但從來沒有成功過。噁心感倒是不止地在胸口圍繞，但就是吐不出來。胃囊緊緊地抓住僅有的東西，不肯放過一絲一毫。

公車東搖西晃，不久便在一處空曠處停下。我轉頭望了望窗外，一根根鏽掉的鐵柱映入眼簾。看來這是個荒廢的工地，這瘋子要來這裡做什麼？看來只有天知道。身後傳來一陣哭聲，又傳一陣低聲安慰。

「嗚嗚……我們會死在這裡嗎？」

「不會不會，別說傻話了。」

突然哭聲變成一聲歇斯底里的尖叫，跟著嘟嘟嘟幾聲輕響。

「警察先生！警察先生！」尖叫持續著：「我們被挾持了！我們被挾持了！請你們快點……」

我回頭看了那男人一眼，只見他呆呆地站著，似乎對報警的舉動恍若未聞。他到底在想什麼？

我把已經融掉的冰淇淋一匙一匙地送入口中。融掉了，不好吃，吃起來像奶昔似的，一點硬度都沒有。不過不吃白不吃，搞不好我真的要被炸死在這裡了，連最後的冰淇淋都沒有吃完，實在太浪費了。

坐在前座的小孩翻過頭來看我，他下半身被老婦人抱著，上半身卻伸過椅背朝我蠕動著。他一邊吸吮著指頭，一邊看著我。他這樣子是想吃冰淇淋吧？不過我沒有給他。我瞪著他，一口一口地把冰淇淋吃完。有道是親疏有別，對不起，我得把冰淇淋留給我肚子裡的孩子，可不能給你。

吃完最後一口，甜膩膩的冰淇淋在嘴裡突然變得有點苦澀。腹部脹得十分難受，好像有什麼東西要呼之欲出似的，一股熟悉的噁心感從胃囊蔓延到心臟。

不久，一陣警笛聲震天響起。我稍稍抬頭，只見警車和採訪車像競賽般地朝工地衝來。吱吱幾聲，幾部車同時緊急煞車。我仔細凝視著工地旁馬路的那條白線，只見幾輛車的輪胎同時觸到白線，看來是不分勝負。

競賽似乎還沒結束，啪啪啪幾聲，車門都被迅速地打開，警察記者火速地一擁而上。人太多了，我看得頭都暈了，沒力氣細心判別到底誰勝誰負。

「太太，太太！對不起，可以採訪妳一下嗎？」一名年輕的女記者問：「您對這次公車劫持有什麼看法？」

我探頭一看，閃光燈「叭啦叭啦」地亮起來，我宛如在大白天被好幾顆彗星同時擊中。

我有什麼看法？我能有什麼看法？遇到瘋子罷了。我這輩子遇到的瘋子不計其數，再多遇上一個我也不覺得希奇。

「太太，太太，對不起。嗯……」女記者頓了一下，又問：「我是說，您有沒有話想對您的家人說？」

嗯，對不起，並沒有，妳去採訪其他人比較好。

「太太、太太，」她字正腔圓地問：「您跟家人的關係很冷漠嗎？還是您天性淡然呢？在這個這麼緊急的時刻，難道您沒有任何隻字片語想和家人分享？」

我很冷淡嗎？還是我家那死人很冷漠？那我就不知道了。是誰先變冷漠的？是他還是我？對不起，這我也不知道，我覺得這個問題跟先有雞還是先有蛋一樣無聊。

「嗯……」看來這女記者很固執呢：「再問一個問題就好。假設，我是說假設喔，我相信警方一定很快就能將您救出來的。如果現在是您生命中的最後一刻，您有沒有最想要完成的願望呢？有沒有最想見的人呢？」她瞥了我的肚皮一眼：「您會不會想到您的寶寶呢？」

我抬起頭，眼前又是一陣星光閃耀。想見什麼人呢？我突然想起A。可是我見了他要說些什麼呢？說我真的懷孕了，我真的肚子裡有了孩子？你要是不相信，這下等我被炸成碎片，你就可以一清二楚地知道了。你就可以看見我的腹部有一個具體而微的小人兒，他的臉孔跟你一模一樣。

我有一股衝動想把這些話全部對著鏡頭說出來，但是話到了嘴邊，又被胃囊拉下去。一種莫名的恐懼籠罩著我，萬一……萬一……我的肚子裡卻沒有孩子，那怎麼辦？也許孩子真的已經被脂肪塊吃掉了，早就不存在了。等我被炸得分崩離析開膛破肚，說不定我的肚腹處卻是一片晶瑩剔透，一塊塊肥滋滋的脂肪塊在鎂光燈下閃閃發光。

那時候，A在電視上看了我晶瑩油膩的肚子會有什麼反應呢？他會說什麼呢？他會不會笑著說：就說嘛！現在可一清二楚了，沒有孩子啊，對不對？

那男子還在司機身旁喃喃自語，像是在念咒似的。他念了半晌，忽然大吼一聲：「好好，我聽你的話，不要傷害他們。我會炸的！我會炸的！」他拿起那個像是引爆器的東西，哈哈大笑，笑得又壯烈又悽涼：「哈哈哈哈……我要炸囉！」

身後又一片尖叫聲傳來。女記者猛然以可以參加華山論劍的身手向後躍去。

「五、四、三、二、一！」

一股戰慄爬上我的背脊，我的胃部一陣猛烈的收縮。我捧著冰淇淋的桶子，酸酸的汁液襲上喉頭，突然不可抑制地狂吐起來。

林嘉慧

一個喜歡閱讀、喜歡幻想也喜歡編故事的人。去年參加第五屆「皇冠大眾小說獎」，第一本小說《人魚的眼淚》獲得皇冠大眾小說獎複審入圍前十二名。目前則完成了第二本小說《死神之約》。喜歡奇幻及心理呈面的描寫。但對於屬於自己的創作風格，目前還在摸索中……

不愛

我和我的肚子在那幾個月，
呈現一種不相干的疏離感。
或許，是因為還沒見到我的孩子。
我在等待，
等待母愛跟隨著乳汁一起分泌出來。

詹雅蘭

生

下米果那一刻，我哭了。

空氣裡飄浮著一股新鮮的生命氣息，我們母女濃縮成一個焦點，像聚光燈下的主角，身旁的人感動且微笑地望著這一幕。

其實，事情並不是如他們所想的那樣。

我不是喜極而泣，而是恍然大悟的害怕。

我以為，十個月以來我對這孩子始終產生不了絲毫感情，只是一時。當她在我肚子裡翻滾，或者伸懶腰不小心踢到我的時候……我就是沒辦法，像所有的母親那樣充滿喜悅，急著要昭告全天下的人：「啊！我的孩子在動了。」或者，心滿意足的望著她父親，穩妥的貼在我肚皮上傾聽。

我和我的肚子在那幾個月，呈現一種不相干的疏離感。一樣的拼命工作，一樣熬夜跟客戶談案子，一樣抓到機會就和同事跳舞狂歡。偶爾，路過會映出我身形的玻璃門前，看到凸起的肚子，才想起自己已經是個孕婦。

我以為這一切的反常，只是因為我沒有見到我的孩子，我需要真實感，我在等待，等待母愛跟隨著乳汁一起分泌出來。

只是，當護士將米果抱到我懷中那一刻，看著她用鼻子、耳朵親膩地搜尋我的存在，那麼努力、那麼渴望，我終於失望得哭了，對我自己的反應感到徹底失望。

她的出現，竟仍然無法引起我一絲一毫所謂的……母愛。

我像是一個突然明白自己擁有惡魔血統的人類，但是，這祕密不能告訴任何人，其中當然包括，我的先生，米庭。

知道生了他最期待的女孩子，米庭喜孜孜的靠近我，彷彿剛獲得一項大獎。四周是一片寧靜，窗外的光屬於夏天的亮度，打在檸檬黃的牆面，映得米庭臉上滿是光澤。

我猜想，如果是換成了別人家的夫妻，此時，一定是最完美的一刻。

「你看，這是你的孩子。」我將米果抱給了他，勉強微笑。

「什麼我的！是我們的。」他故意糾正我的語病，以為這是個玩笑話。

「呃……是啊。」我虛弱的回應他。

米庭是個好爸爸，也是個好先生。從醫院回到家後，他很快就發現了我的不適任，但是他寬容地把我的差勁表現解讀成「少一根筋」，我沉默的接受了。

「米果怎麼啦？只是洗個澡就哭成這樣。」他從書房走出，探頭進浴室。

「呃，替她穿衣服時，不小心折到手了。」我十分沮喪，因為穿了半天還是穿不上去。「沒關係，讓我來，再這樣下去她會感冒的。」米庭將米果摟到懷中，輕柔且俐落的將她的小手小腳，安妥的放進衣服裡，像個真正的母親。

從此以後，米果就是米庭的了，只有他可以給她最好的照顧。

在米果四歲來臨之前，我也漸漸的可以接受自己是個總是站在一旁觀望的媽媽，只有在她跑過來偎著我時，給予她適度的回應。這對我來說，還不算太難。

「媽咪，這給妳吃。」米果從她爸爸手上剛搶下一塊餅乾，馬上衝到我面前往我嘴邊遞，我笑著才要伸手接下，米果卻迅速的將手抽回，央求著：「我要餵妳。」「好，那我張開嘴，麻煩妳囉！」我盡可能的讓她完成心願。

這一點，我還做得到。

「奇怪，為什麼她有什麼好事，第一個想到的都是妳。」米庭從後頭出現，用吃醋的口氣說：「平常都是我在替她收拾東、收拾西，早餐也是我，綁辮子也是我，接送上學參加母姐會的，還是我……」

「幹嘛這麼計較。」我心虛的咬了一口餅乾，米果開心的在我身邊跳起舞來。他說得沒錯，我也感覺到了，只要我一出現，米果的眼光總是落在我身上，像在找機會親近我，不知為什麼，這讓我更想躲開。

幸好，忙碌的工作總能及時解救我。

「是啊，天有不測風雲。」我加重語氣：「我那客戶當初怎麼知道自己會得到這麼嚴重的病，還好他買了保險，光是從我手上就領了五百多萬，不然，那麼龐大的醫藥費，還有家人的生活，該怎麼辦！」

就這一通電話，我又爭取到一份可觀的保單。

我用一兩年的時間，從保險業務員升上主任，靠的就是時間與精神的全力投入，「天有不測風雲」理論，似乎總是無往不利，我搜集了許多人們恐懼的實例，在閒談之間不經意聊起，引起許多人的共鳴，也為我贏得不少的業績。

「退休金，有退休金才慘！那一兩百萬能用多久？假相是，你是有錢的。真相是，你生了重病，一躺躺個幾年，國家因為你曾擁有一大筆錢，而拒絕讓你申請任何補助。」我認真的告誡對方。

我請他考慮一下，並不想窮追猛打，以免引起反感。

將手機丟入皮包後，我勉強從百貨公司擠了出來，拎著一堆購物袋，其中大多還是為了服務客戶。

聽說這家百貨公司週年慶，一罐五萬多塊的頂級保養品只有今天可以三萬塊買到。「真可惜，去年沒買到，今年一定要更早去排隊。」跟我買了三千萬保險的林小姐從上個月就開始念著。「原來妳想買一瓶呀，那別麻煩了，我也正好想買，到時候替妳拿回來。」那時候我和她正要簽下另一份保單，她一聽就樂壞了，簽名的手顯得更加俐落爽快。

還有一袋……是要給米果的，那是她最愛的草莓蛋糕，今天是她的五歲生日，我答應過米庭，去年的錯，前年的失誤，絕對不會再犯了。

「公車為什麼還沒來。」我等了好久，將近有二十分鐘了吧，旁邊另一個微胖的女人和我一起等著，看她手上的袋子，也是剛從百貨公司出來，相較之下，我實在買得太誇張了。

話雖如此，除了蛋糕，我還是沒有找到適合米果的禮物，老實說，我根本不了解她，面對著兒童玩具區琳瑯滿目的東西，竟讓我心慌得不知所措。

我想起米庭幾天前凝重的神情，他用未曾有過的嚴肅口吻對我說：「我希望今年米果的生日，妳不要再有任何理由缺席，我知道妳很忙，但……她是我們的孩子，不只是我的。不要看她年紀小，其實，她知道得比妳認為得還要多。不要讓她像去年一樣，等妳一起吃蛋糕等到趴在桌上睡著……」

「我知道啦！去年真的是不得已的，客戶突然進了醫院，人家都來了電話要我儘快趕去，我也不好說不……這件事，我都已經跟你們道歉過五百遍了，就不要再罵我了好不好。」

「妳真是的。」米庭嘆了口氣：「就這麼巧，每年米果生日妳都有事。」

「誰叫我做的是服務業，又不是故意專挑那天跟你們作對。」我靠近米庭，學米果平常摟他的樣子：「那我保證，今年，今年一定全力謝絕所有活動。」

這一招一向有用，哪個父親可以拒絕得了女兒般的溫情攻擊。

「或許妳不是故意的，但別讓米果誤以為，妳並不愛她。」突然，米庭的幾句話像雷擊一樣，打中我心底，悄悄的，我垂下了頭。

公車終於來了，為了贖罪，我還得搭這班車去大市場採買今天的特別晚餐，一邊還繼續想著究竟買什麼禮物才好。

上了車，我選了靠左邊的雙人座位，把所有的提袋都堆了上去。今天車上的人還不算太多，後頭坐了兩個高中生，看來是對情侶，有著一般年輕人輕浮的神情。不知道他們會不會突然間親熱起來。

想想覺得好笑，我和米庭也是從高中就認識，那時候對於旁人的眼光是完全不在意的，常常在人少的公車上，我們就會情不自禁的相擁，親吻。對年輕人這一套，我算是瞭若指掌。

「只有兩個人的世界，的確簡單得多。」我嘆了口氣，這世上，好像只有米庭可以引發我的熱情。

米庭訓示過我的當晚，我在米果睡著之前趕了回來，鑽進她的被窩。她看到我這麼做時，眼睛睜得老大，像看到從天而降的聖誕老人。

「爸爸都買哪些故事書給妳呀？挑一本出來，我念給妳聽。」我摸摸米果的頭，真心想彌補這個孩子。

「小熊妮妮。」她抽出一本圖畫書。

我調整了一下坐姿，米果則替我和她的腳蓋好被子後，將身體偎在我懷中，然後，我不熟練的伸出一隻手臂，輕輕環住她。

小熊妮妮住在一座藍色的森林裡，
在那裡面，所有的東西都是藍色的……

故事裡好笑的地方並不多，但這孩子卻笑得很開心，她的反應讓我覺得受到鼓勵，似乎我說得很精彩。

當小熊妮妮的媽媽出現在故事裡時，米果突然打斷我。

「媽咪，妳愛我嗎？」米果望著我問：「……妳不愛我，對不對？」

我呆住了。從來沒有看過一個小孩，是這樣的眼神，讓我一時無法應對。那神情不是責備，而是一種天真的哀傷。她才四歲，四歲的孩子真能看透什麼嗎？我不信。

米果問了一個至今連我自己都不確定的問題，但沒關係，我知道標準答案。

「米果，」我看著她的眼睛，努力表現堅定：「或許媽咪真的很忙，常常忘了妳的事，可是，妳要記得，媽咪是愛妳的。」我用力牽動嘴角，營造出一個微笑。很差勁的母親吧！不用別人說我自己也知道。

「每一個媽咪，都像小熊妮妮的媽媽一樣，最愛她自己的孩子，」我草草說了一個通論，來證明自己所言不虛。

話才說出口，忽然間我想起一個人……一個很遙遠的人。

「鈴，鈴……」皮包裡的手機突然響起，嚇了我一大跳，也打斷我的思緒。我又回到工作中俐落的自己，一接起電話就是作戰的開始。

是剛才提到退休金的呂先生，他想約我今晚到家裡，詳細的替他解說一遍。我為難了，什麼時候都可以，就是不能今天啊。

但是我該怎麼跟他說呢，啊！就說我得去探望一個不小心從樓梯跌下來的客戶。「老人家就是這樣，經不起摔，現在得整天躺在床上。他哪裡知道會有這一天……」我順便暗示他，還好他兒子已經替他買了足夠的保險。

「你知道的。」我看著車窗外，照慣例的補上一句：「天有—不測風雲。」

「啊！」突然間，公車裡一陣混亂夾雜著喊聲，我還來不及跟呂先生更改見面時間，就聽到有人尖叫著：「有炸彈，車上有炸彈。」

「坐好，坐好！都回到自己的位子上。」一個斯文的年輕人慌張且歇斯底里的喊著，怎麼也想不到，他竟然會是劫匪。

「Mimi，Mimi……妳那裡發生什麼事啦？怎麼那麼吵。」還沒斷線的呂先生在我耳邊追問。

我傻傻的看著這一幕，機械式的回答：「天—有—不—測—風—雲，我好像被綁架了。」

整件事在我面前像電影一樣播放，我還來不及產生絲毫的恐懼感，一個「糟糕了！」的念頭早就狠狠打進我的腦子。

等到大家都靜下來，乖巧的縮在自己位子上時，我忍不住開口：「先生，先生。」那斯文的劫匪聽到我喊他，馬上轉過頭來不耐地問：「什麼事？」

「我可以打電話回家嗎？我想告訴家裡的人，『看這情況』恐怕來不及回家做晚餐了。」我怕觸怒了他，小心翼翼的補充：「今天，是我女兒生日。」

公車的路線已經完全改變，完全依照斯文劫匪的指示前進。

「妳女兒幾歲了？」聽到我這麼說，他的神情突然變得好溫和。

「今天就滿五歲。」我有一種感覺，這個劫匪並不是個很壞的人。

「是喔，我也有個兒子，嘿嘿……」說這話時，他露出為人父的喜悅，真好，真羨慕他那自然而然的陶醉神情。

「那，我……」我欲言又止。

「妳打吧，只是，很對不起，我沒辦法讓妳下車。」他的誠懇讓我嚇一跳。

所有人都眼睜睜看著我，撥電話回家。電話響沒兩聲，就聽到米果的大嗓門：

「媽咪……妳什麼時候回來？」

「乖，」我跟米果說：「先叫爸爸來聽電話。」

「喔。」我聽到米果放下聽筒的聲音，往後頭跑去喊著：「媽咪的電話，媽咪打電話回來。」

我該怎麼跟米庭說此刻的狀況？怕說得太明白，不小心惹火劫匪就糟了，不說清楚，米庭是絕不會原諒我的。

拖鞋的聲音慢慢靠近，米庭接起電話第一句就是：「妳現在人在哪呀？」

好吧，我決定照實說，這對大家都好。

「米庭，不管我告訴你什麼，你都不要太著急，至少，我現在還很好。」我試著先安撫他。

「妳在說什麼呀？」米庭摸不著頭緒。

「我現在在公車上。」我放低聲量，才感覺到自己正在發抖：「我們這輛車，剛剛被劫持了，車上好像有炸彈。我可能回不去了……」我偷瞄了斯文劫匪一眼，他正在指示女司機前往他要去的地方。「Mimi！」沒想到，米庭竟然用未曾有過的嚴厲口氣喊我。「真沒想到妳連這種爛藉口都想得出來，如果妳覺得工作的成就比我們都還重要，就直接告訴我。是啊，我當然知道了，妳是被妳的工作給綁架了，妳被妳那些沾沾自喜的業績給劫持了，但這事，絕不是今天才發生的！」

聽筒被重重摔下的聲音，在我胸腔裡產生共鳴，耳朵裡也「嗡嗡！」響個不停。靠在車窗邊，我好久說不出一句話。

我真是個失敗的家人。沒錯，我總是有一堆藉口，一堆不回家的理由，說得太多，等到說真話時，反而沒人肯相信了。

「嘿，妳！」斯文劫匪突然叫我。

「什麼事？」我還沒從剛才的情緒裡回來。

「有沒有繩子？」他問我。

「只有緞帶，原本要買來布置女兒生日 Party 的。」剛剛又是一陣騷動，但我根本無心理會，所以不明白他要做什麼。

「坐在妳後面的男生太愛作怪，妳替我把他綁起來。」斯文劫匪說。

我能怎麼辦？只好照做。

我好像並不替自己的處境感到擔心，只是一直想著，米果一定聽到她爸爸剛才大聲罵我的內容了。

公車轉進一個空地，終於停了下來。我才發現一路上，早就有許多車子跟著我們，要不就是媒體，要不就是警車。看到這場面，我竟然鬆了一口氣，知道當米庭看到電視時，就會相信這一次我真的沒有騙他。

斯文劫匪對著車外喊著，好像這次的劫車有特別訴求。

我不知道他想做什麼，也沒興趣去分析，只是看著身邊一堆購物袋發呆，「如果我死了，這世界，以及我的家庭會有什麼樣的不同嗎？」我想著。

答案在我心中，我失落的又嘆了口氣。

米果有米庭就夠了。

而我的客戶，會因為我這次事件，更加體會到天有不測風雲的真諦，或許也因此替我的公司簽進更多保單。

「啊，蛋糕！」我想起來還有一件事情沒處理。

我和米果打過勾勾，當她閉上眼再張開眼時，一定有個草莓蛋糕出現在面前，這不只是信用的問題，而是我發現，隨著米果慢慢長大，她似乎感覺到了一些，我不希望被拆穿的那部分。

這對她來說，太殘忍了；對我來說，又何嘗不是。

「先生，先生。」我又喊了那個劫匪，或許是因為同樣身為父母吧，他對我還算禮遇：「我可以把蛋糕送到我女兒手上嗎？我答應過她。你也知道，對誰都可以不守信，但對孩子，千萬不可以……」我試著動之以情。

「妳想怎麼做？」他剛和外頭的一幫人嘶吼過，現在靠在車門旁，似乎在等某個重要人物出現。

「請教您一下，我可以叫快遞嗎？」我客客氣氣的。

他想了一會兒，才說：「好吧，反正也沒差。誰要耍花樣的話大不了同歸於盡。」這劫匪其實還算通情達理。

我打了電話後，安靜的等待接下來會發生的所有事情，同時也計算著，如果我死了，我的丈夫和女兒可以獲得多少理賠。想到這裡，慢慢的就豁達起來。

我傾洩不出的感情，就靠這筆鉅額來補償吧。

「是誰叫快遞呀？」我忽然聽到人群中有人喊著，那個送快遞的人顯然很困惑，不知道為何自己會被叫到這地方。

「其他人讓開，叫他過來。」斯文劫匪喊著。

「發生，發生什麼事了？」快遞先生覺得不妙，卻又得往前走來。

「叫你送個蛋糕而已，廢話少說。」斯文劫匪越來越沒耐性，他回頭對我說：「從這窗口拿出去吧。」

我才站起來靠近窗口，就聽到一個熟悉的聲音，「媽咪……」，抬頭一看，竟然是米果，當然還有米庭。

「你們要相信我，我買了蛋糕，我真的要回家跟你們一起過生日的。」我喊著，不知為什麼，竟然哭了起來，純粹只是沉冤得雪嗎？

「我知道。」米庭著急的回答：「我都知道，我一看到電視直播就趕來。」

「把她帶走，把米果帶回去。」我對米庭說：「不要讓她看到這種事。」我不敢確定，如果真的爆炸了，那一刻，會對米果造成多大的影響。

斯文劫匪拉住我，不讓我再說下去，因為他有更重要的事得做，「再讓我說一下，一下下就好。」我求他。

「那蛋糕。」我對著快遞指向米果，說：「直接給那個小女孩。」

收到蛋糕時，米庭沉重的帶著米果往回走，我想，他完全明白我的意思。

「我不要。」突然間，米果甩開了米庭的手，往停靠的公車衝了過來，她哭得好厲害，不停地往前跑。

在哭聲中，我彷彿想起來，那個遙遠的人。

「媽咪……」我仔細看著前方，哭著飛奔而來的不是米果，而是我。

那一年我是幾歲？早不記得了。

只知道媽媽買了一雙紅色的新鞋給我，然後將我送到婆婆家。她說晚上我們要一起住在那裡的，怎麼知道，我只是到後院玩一下，才一下下，媽媽就不見了。

我追到路口的站牌，看到媽媽剛踏上公車的細白小腿，然後車門關，車子跑了起來。我在公車後頭追了好久，死命地追逐著，一邊跑一邊想，如果我跑得夠快，讓媽媽看到了我，是不是會停下來？

只是，我終究沒有追上那份母愛。

或許，早在那一天，我就死了，如今有沒有炸彈，其實根本無所謂。

我眼睜睜看著米果很快被攔了下來，像小雞般被抓回米庭身邊。她掙扎著，哭喊著，怎樣也要撲到我身邊。

情勢越來越緊張，劫匪似乎受到很大的壓力，坐立難安的喃喃自語著。

我安靜的坐著，等待死亡降臨，許多細細瑣瑣的回憶，卻在這時片斷的出現，我記得，米果問我愛不愛她第二天，被我狠狠痛罵了一頓。

我發現她站在我化妝臺前，用我的口紅塗滿了嘴，以及臉頰。看著一桌凌亂，我忍不住動了怒。

「妳是怎麼回事，這麼不乖。」我拉起他往外頭走，讓她面壁思過。然而當我正要轉身時，突然心裡被什麼東西撞了一下。

原先的怒氣消失了，一股心酸湧上來。

小熊妮妮問媽媽：「為什麼藍色的妳，要擦上那麼鮮豔的口紅？」

媽媽笑著說：「孩子，這樣全世界才知道我親吻過妳呀！」

我想起了前一晚，念過的「小熊妮妮」，裡頭有這麼一段，忽然知道她在做什麼了。我走到牆邊，將米果轉過來，緊緊抱著這個我始終對不起的孩子。

如果造假的母愛，勝過從來不愛，那我當然選擇前者。

劫匪已經開始倒數計時，我沒有多少時間可以思考，但此時，我卻已經找到可以送給米果的禮物，那是我虧欠她很久的一樣東西。

不顧一切的我，帶著無比的決心，從皮包裡掏出一支口紅，「米果。」我大喊，再使勁全力的往外丟去，希望她可以拿到。恰好，那口紅就落在米果腳邊。她蹲下去撿起來，望著我停止了哭泣。

我指著嘴唇，就那一秒，奇特的喜悅閃過她眼睛，她明白了，我知道……

真相是什麼已經不重要，至少，米果，我的孩子，會一直認為，她的母親始終是愛她的；至少，有一天當她長大，有機會成為一個母親，不要再像我一樣，不知道如何去愛她的孩子。

詹雅蘭

把文字當做積木，堆成一個空間。相信空間可以是天使，是魔鬼。可療癒，可摧毀。

出版作品《靈魂裡的胖女孩》、《八號風球的愛戀》、《雪落下的聲音》、《微笑碼頭》……

五秒之後

忽然，我看見圍觀的人群中，
一個孩子的面容……
緩緩地轉變成兒子的笑容。
他對我輕輕地搖搖頭，
彷彿告訴我：
「爸爸，千萬不要這麼做喲！」

張維中

「五、

四、三、二、一！」

就在我對著全公車的人倒數計時的時候，我看見的並非是眼前乘客們的反應，而是老婆和兒子臉上漾開幸福的笑靨。我的腦海迅速浮現出另一個倒數計時的場面，那是我帶著老婆和三歲的兒子，跟著擁擠的人潮在市政府廣場前，一起倒數計時迎接新年的陳舊畫面。那時候，我們一家三口手牽著手，愉悅的心情正如同夜空中綻放的煙火，燦亮得繽紛絢爛。

「爸爸，怎麼沒了？還想要。」

我心愛的兒子抬頭望著我，不解瞬間即逝的煙火為何無法停留更長久。

「稍縱即逝才能凸顯永恆的意義。」

兒子露出更加困惑的表情。

「哪有人對小孩子解釋這麼複雜的哲理？」老婆笑著質疑。

「機會教育嘛。」我解釋。

老婆抱起兒子，熱情地解釋：「煙火就像放鞭炮，爆完就沒囉。」

兒子面無表情地點點頭。我認為兒子仍然不懂，但老婆堅持兒子已經明白了，因為她的解釋既清楚又簡單。我必須坦承，我愛我的老婆，但是我更愛我的兒子。別的男人愛車，我卻用同樣的力氣愛兒子。我真的很愛他，若要我解釋原因，恐怕很難說清楚。總之，我不敢相信我製造出了這個完美的小寶貝。

兩個月以後，我失業了。接下來的半年，我更換了三份工作，平均每一份工作都沒超過試用期。這期間，老婆變得十分沉默，白天規律地在日式咖哩店上班，接送孩子上下學，甚至沒有和我商量就自己決定在晚上去朋友的燒烤店打工。一開始，我主動試著和緩彼此之間僵化的氣氛。我和她分享新工作的內容，介紹新認識的上司和同事，然而當我兩個月後換了另一份工作，發覺老婆好不容易搞清楚我口中的那些角色，但是我又換了第三份工作時，我也選擇了沉默。我知道問題出在我身上，在我無法步上工作正軌的一天，我似乎也沒有權利請她不要過得這麼憂愁。

離開第三份工作之後，將近四個月，我每天待在家裡上網和翻報紙，但是卻沒辦法再踏出家門去找新工作。一個已經三十五歲，在同一間公司工作超過十年的中年男人，恐怕是很難適應新環境的。科學園區的圈子很小，我換到哪兒工作，上頭的人也都知道我是被炒魷魚的。最後，我只能待在家裡，對找新工作開始產生莫名的恐懼感。每天，我的新工作變成在家裡替老婆開門向她道別，晚上再替她開門迎接她從燒烤店裡下班。

老婆的沉默使我感到尷尬；我的沉默卻令老婆感到憤怒。

「你不能再繼續這樣下去。這樣子，永遠找不到工作。」

有一天晚上，老婆終於打破沉默問我。

我想了一會兒，複雜的思緒卻簡化成一句簡單的解釋：

「工作就像是味道不對的咖哩，不好吃就只好倒掉重作。」

「就這樣？」老婆盯著我看：「你用這麼簡單的一句話來敷衍？這個家不能只靠我一個女人撐下去。」

「煙火就像放鞭炮，爆完就沒了。」

「你在說什麼？」

「妳忘記對兒子說過的話？妳不是不喜歡聽複雜的解釋？我現在這種窘迫的狀況，大概也沒辦法包裝成什麼哲理吧。」

「陳名緯，我其實比你還痛苦。我們的生活快要毀了。」

「有必要說得這麼嚴重嗎？」

「只是機會教育。」她不疾不徐地回答。

這是半年來老婆的話說得最多的一天，也是我從大學認識她以來，看過她最伶牙俐齒的模樣。她從來不這麼犀利的，是我讓她變成了這個樣子。

老婆撂下這句話之後，第二天開始便與兒子一同消失在家裡。

我僅有的最後一份差事，替上下班的老婆開門，從此也失去了。

「五、四、三、二、一！」

當公車上的乘客發現倒數計時結束以後，一切都安然無恙時，每個人都鴉雀無聲。我的思緒終於落回到他們的臉上，看見他們的臉上顯現出一副既沒有死裡逃生又沒有大難不死的尷尬表情時，我忍不住失笑。

公車裡很安靜，公車外卻好吵雜。車身外擠滿了按兵不動的警察，封鎖線外是一群總想突破重圍的騷動的記者，以及好奇圍觀的群眾。

我幾乎就要引爆這輛公車了啊，我不敢相信竟然還有人想目睹這樣血腥的畫面。或許有八卦雜誌的記者想搶拍一些獨家的鏡頭，就算殘暴也無妨，只要明天頭版能搭配上觸目驚心的標題，能多賣幾萬份就好吧。

我懷疑這些人算是小孩還是大人呢？他們難道就不幼稚嗎？算了。我管不了他們。我只要確定，現在，我所做的事情是為了解救我的老婆和小孩，一點都不幼稚，那就足夠了。

忽然傳來一陣哭泣的聲音。是那個高中女生，她居然哭起來。她身旁那個頻頻搞笑的男朋友，小聲地勸阻她不要激怒我。

我聽了很心疼。我想告訴她，「妳不要哭了，事情或許有轉圜的餘地呀」，可是我的耳機卻傳來那個黑道大哥的聲音：「陳名緯，你他媽的是聽他的還是聽我的？現在還不准引爆，等到引誘官員上車以後才能引爆！你要你的老婆跟兒子存活，就別把計畫給搞砸了！」

我彷彿聽見在耳機的另一端，傳來兒子細微的哭聲。

「我知道、我知道。」我慌張地對掛在脖子上的麥克風說。

全車的人頓時陷入死寂。這時，車外的警察開始用擴音器廣播。

「你需要什麼，我們都能配合。請不要傷及無辜的民眾，讓他們一個個先下車，我們會答應你的任何需求。請不要引爆公車。」

「我要求市長出現，並且上公車來。」

全場一片嘩然。當然，我只是重複耳機裡的話。

市長干我什麼事？但我必須這麼說出來，這是大哥的要求。至於我自己，其實要求得很簡單，就是請大家讓我好好執行完黑道大哥的指示而已。唯有如此，我親愛的老婆與小孩才有機會被大哥釋放。雖然，我就會這麼犧牲，再不可能與他們團聚了，但總算也是為我的家人做出一件轟轟烈烈的大事吧。

未來的某一天，我的兒子被問起他的爸爸時，他應當會這麼說：

「我的爸爸為了解救我和媽媽，犧牲了自己。」

不過，話只能說到這裡就好。因為實際上，我會拉著全車的無辜的人，一起犧牲。可是這有什麼辦法？如果你親愛的母親跟另一個陌生人同時掛在懸崖上，而你只能拯救一個人，你會救誰又會犧牲誰呢？

「我的爸爸不是一個沒用的傢伙。」

於是，我將不會再聽到（在天上聽到）我的兒子，說出這樣的話來。

老婆帶著兒子離開的第七天，我連絡上老婆的弟弟。我知道老婆一定在他那裡。過去曾有過賭氣拌嘴的時候，老婆都會跑去他那兒。

我不是很喜歡這個男人，原因有點複雜。他是混黑道的，而他所服侍的大哥，在我尚未結識老婆之前，曾和我老婆有段曖昧的關係。我明白老婆嘴巴上雖然不再提起這段過去，但心裡一直沒忘記過他。每次老婆跑去她弟弟那裡，我總懷疑她其實並不是真的賭氣，反而因為這樣，她能靠近初戀情人更近一些。大概是這種臆測，使我對於她弟弟的感覺總不是很舒服。

「她有告訴你，什麼時候願意回來嗎？」我問老婆的弟弟。

「這一次，我看她是不會輕易回去的。」他在電話另一頭說道。

「那麼，我兒子還好嗎？」

他沉思了一會兒，回答：「喔，昨天他的學校開運動會，我跟我老姊去了他的學校，同學還以為我是他的爸爸。」

「他怎麼回答？」

「你真要知道？」

「他很遺憾我沒有前往？」

「不是。他對同學說，這不是我爸爸，我的爸爸是個沒用的傢伙。」

我聽了心裡一涼，很沮喪。

「全都是因為我一直失業的關係。」我低聲下氣地說。

「你應該做些讓我老姊感覺到驕傲的事情。我很了解她，她就是那種帶有小女人性格的人，總佩服身邊的男人能做出一些什麼大事情。」

「如果真是這樣，她確實選錯人了。」

在我無奈的結論中，我們掛去了電話。

老婆離開的這七天，我的思緒和情緒來回翻轉著。我一旦想到老婆離開家，就難以不去多想，她該不會早就跟那個男人已經暗渡陳倉了吧？她的沉默，是否並非對於我的不滿，而只是一種冷淡？不對不對，如果是這樣，她也不會關心我「為什麼工作總做不久」。可是又不能否認，連她的弟弟都說了，她是一個佩服身邊男人做出什麼大事情的小女人。所以，黑道大哥很能符合她的期望（犯案也算做大事啊），更何況，他在她心中一直保有分量。

每當自己被丟進蜘蛛網似的胡思亂想時，整個人就像是被黏在網線上，呼吸急促，全身燙熱。「煙火就像放鞭炮，爆完就沒了」，在老婆離家的這七天內，我忽然發現我所認識的那個她，彷彿就像爆放後的煙火，消失了，只在記憶的黑空中隱約遺留一點點似有若無的遺跡。

「這麼久，市長還不來，他想讓全車的人喪命嗎？」

面對公車外的警察，我照本宣科把耳機裡的話傳達出來。

「他會來，他會來！既然你是要直接與市長溝通，那不如先讓車上其他的人下來，待會兒也才不會干擾你和市長兩個人，可以嗎？」

警察拿著擴音器對我心理喊話。

我其實希望市長不要來，否則不過是多賠上一條命罷了。

公車外的人群愈來愈擾攘，公車裡的人也愈來愈耐不住性子。我站在女司機的旁邊，說真的，耳機裡若沒有下達新的命令，我還真也感覺不耐煩了。

「有什麼困難，不一定要用這種激烈的手段解決啊。你說出來，公車上有這麼多人，搞不好還可以幫你解決問題喔？」

司機是個和善的中年女人，當我開始宣布劫持公車到目前為止，她始終保持著冷靜並且善解人意的態度。可是想到她不久就會死了，我不免感傷起來。

「謝謝妳。」

我脫口而出，女司機跟全車的人都瞠目結舌地瞪著我。耳機裡立刻爆出黑道大哥的聲音：「你有毛病啊？你是劫匪，謝什麼！不要多講話！」

「不要多講話！」

我急忙地重複。大家又恢復了鐵青的面色，並且帶著一點莫名其妙。

耳機裡傳來了新的指令，我盡量不帶著悲傷，向車外喊著：

「再過十分鐘，市長如果再不出現，我就立刻引爆公車！」

全場喧鬧，車裡的人們有些開始發抖，有些哭了起來。至於最早哭的那個高中女生反而沒哭，因為她已經呆了。

看來，他們都相信我在劫持的路上曾經對他們說的：我把炸彈安裝在某個人的座位下。明明一引爆，全車的人都會死，可是想到炸彈如果就是在自己的屁股底下引爆，彷彿「死的層次」就立刻被劃分出來了。

老婆帶著兒子離家的第十天，老婆的弟弟主動與我聯繫。我們兩個人約了見面，在市政府旁的摩天樓的咖啡館裡。

「姊夫，你想要挽回老姊跟孩子的心嗎？」他問。

「那也得看她對我還有沒有心。沒心了，我怎麼挽回？」

「我老姊跟我大哥沒發生什麼事情。她現在幾乎每天都能見到大哥，但是卻沒有再次對他動情，可見她還是希望你能做出一件令他回心轉意的事情。」

我低下頭，安靜不語。一會兒，我忽然轉移話題，關心起兒子的狀況。

「我的乖兒子還好嗎？」

「如果你真能做出一件讓我老姊還有你兒子感到驕傲的事，不是一舉兩得嗎？以後，你兒子不可能在同學的面前數落你了。」

我緘默。沒錯，從小到大我就知道自己不是那種能做出大事，讓別人讚揚的人。如今人到中年，丟了工作，老婆跟兒子也要失去，我簡直一無是處。被老婆拋棄也就算了，如果被自己的孩子瞧不起的男人，實在是太過於窩囊。

他見我始終沒有開口，話鋒一轉，說：

「好吧，我就坦白告訴你。我今天是來求你的。現在，只有你，可以救我的老姊你的妻子，還有你兒子。」

「什麼意思？」

「他們被我大哥當作人質了。」

「啊？你說清楚一點，搞什麼？」我詫異。

「大哥被扯進一樁博物館預定地的土地資金糾紛，這事情牽涉很廣，從政府官員到我們都有涉入。有一幫人因為不滿分贓，準備向白道密告我大哥。好啦，搞得大哥人不爽了，現在決定搞點遊戲震撼一下大家，警告那些拿翹的人少輕舉妄動。大哥決定就在那塊有糾紛的博物館預定地搞個炸彈引爆。在這塊糾紛的土地上引爆炸彈，挑釁的意味夠嗆，因為這塊地跟某個總統候選人的家族有關，肯定會變成社會大事件。」

「這跟我，我老婆還有我兒子有何關係？」我狐疑地問。

他語重心長地說：「有的。我大哥希望你去引爆這輛車。他要你去安裝炸彈，劫持公車到預定地引爆，最好再把哪個政府官員引上公車同歸於盡。」

「要我去死？為什麼要我？那公車上無辜的人呢？」

「你沒感情的啊！光是一件爆炸案有什麼創意？既然要幹壞事就要壞得讓人感動。所以，你的死，將換來你妻子我大姊，以及天真可愛的孩子的生命。如果他們知道自己的犧牲，是你為了拯救你家人，同時成全了一個女人和孩子對於父親的尊重，應該會原諒你的。想想看，你自己也會死啊，多麼悲壯？將來你的孩子會說：『父親愛我，父親是為了拯救我而死的』，多感人？」

「這種慘絕人寰的事情，我沒辦法。」

他搖搖頭，說：「恐怕由不得你。你自己聽聽吧。」

他拿出手機，撥了個號碼，交給我。電話一接通，我就聽見老婆的聲音：「名緯，如果你不照他的話做，我們就沒命了。」接著，我在老婆的哭泣聲中聽見兒子微弱的但是淒厲的哭聲。「爸爸，快點救我們啊！這裡的叔叔要殺掉我！爸……」他像是被打了一巴掌，一直哭著叫爸爸。

「乖兒子，你別哭！爸爸一定能解救你的。」我心急起來。

老婆的弟弟把手機取回。

「姊夫，對不起，我也不願意讓你這麼做。我也是受控於大哥的。我不知道你到底該不該做，我只知道我們都希望我老姊跟你兒子能活下來吧？」

我沉默許久，最後，艱難地點頭答應了。

第二天，老婆的弟弟夥同一群不良少年，買通了公車總站的人，讓我進去停車場選定一輛公車。為了不讓人起疑，只有我一個人進去安裝炸彈。黑道大哥找我來做這件事情是很聰明的，他知道利用我過去所學的，要來製造一顆土製定時炸彈並不困難。經過縝密的沙盤推演之後，他們選定在一個平凡至極的午後進行公車劫持。我按照他們選定的路線從公車總站上車，沿途都不動聲色地坐在車裡最後一排，直到公車行駛到購物中心的時候，我才聽從耳機裡的指示起身宣布，這輛公車現在被劫持了，炸彈就安裝在某個人的位子下，大家不准低頭去找炸彈，誰敢輕舉妄動、不聽指揮，我就立刻引爆。

我能立刻引爆嗎？我不能。要是步驟出錯了，無法達到黑道大哥預期的效果，我相信他是能立刻殺了老婆跟兒子的。

最後的倒數十分鐘即將結束，市長總算出現在公車外頭。

「陳先生，您要我來，我就來了，代表您有任何困難，我們市府團隊都會盡力協助您解決。但是其他人跟這件事情無關，我請求您先讓他們下車。」

溫文儒雅的市長持著擴音器冷靜地說道。

「引他上公車，一踏上，就立刻引爆！」耳機裡傳來大哥的聲音。

我有些猶豫，沒有動作，大哥在耳機裡對我喊叫，說我還不趕快行動，難道想讓老婆孩子喪命嗎？我聽見他又用力打了老婆跟兒子，兩個人鬼哭神號。

我的手拿著炸彈的引爆器，開始發抖。我顫抖地，對外頭說：

「叫市長上車！」

外頭的人按兵不動，鎮暴警察全副武裝，槍桿子全對準我。

「誰敢開槍，我就引爆！」我轉述耳機裡的話。

可是，倘若市長一直不上來，我該怎麼辦？大哥該怎麼辦？

突然間，不知怎麼了，我好想跟老婆說說話。我對大哥提出這個要求，說是我死前希望能和老婆道別，沒想到大哥答應了我。

「老婆，為了妳，為了兒子，我只好這麼做，請原諒。」

誰知道老婆一拿到手機，就死命地對我喊叫：

「陳名緯，你醒一醒！你不能做出這種事情來！」

啪的一聲，我彷彿聽見她被打了一巴掌，然後傳來一旁大哥的聲音：

「妳他媽的閉嘴，別破壞我的好事！不是說好了，妳敢反悔！」

老婆哭出來，嘶吼著：「笨蛋！我們在利用你，你都不知道！你不要這麼傻了好不好，快走！你不要管我了，現在就下車！」

「老婆，妳在說什麼？我得這麼做才能救妳跟兒子啊！」

「沒有人綁架兒子！只有我一個人，沒有別人。你還不懂，我們的兒子早就死了！死、掉、了！你什麼時候才能面對？跨年的那個晚上，他就被車子撞死了啊！」

「妳瘋了，妳胡說什麼？兒子沒死，是我失業，毀了你們。」我激動地說。

「不是我瘋，是你瘋了；你不是失業，是兒子的死讓你崩潰了。兒子的死，我也很難過，將近一年來，我們每天都過著低氣壓的生活，兩個人無話可說。我把自己挺住倒還行，可是我真的沒辦法再多承擔你的情緒了。我怎麼勸你都沒用，已經不想再多說，可是現在不得不說。請你面對現實，我們的兒子早死了，你已經毀了自己的人生，你還要毀掉一車子的人嗎？」

耳機裡大哥吼叫著：「妳這賤人，背叛我。說夠了沒？把她拉開！」

我聽見老婆的哭泣聲愈來愈遙遠。

我拔下耳機，呆呆地佇立著，不能言語。

公車外繼續傳來擴音器的聲音，我聽不懂他們在說什麼。

我親愛的兒子死了嗎？為什麼我一點印象都沒有。我愈想頭愈痛。

走到公車車門邊，把手中的炸彈引爆器拿到眼前。

我想像如果被炸死了會是什麼感覺。跟兒子死的時候（如果他真的死了），被車撞得血肉模糊有著相仿的苦痛嗎？就在我回答兒子，為什麼煙火一下子就沒了以後，他的人生果真就稍縱即逝了嗎？不可能！不該是這個樣子的。兒子如果死了，那麼我現在在這裡引爆公車是為了什麼？難不成我一年來都是個瘋子嗎？不行，他沒有死也不能死，而我只是失業，我沒有瘋。對，我沒有瘋，我的推演很清楚。是老婆受到太大的刺激才瘋了。好，我要平靜下來，我不能被外界給干擾，我必須解救瘋了的老婆跟兒子。

「放下引爆器，立刻投降，否則我們將開槍！」警察喊叫著。

我望著前方一大片黑壓壓的人頭。忽然，我看見圍觀的人群中，一個孩子的面容。他對我微笑，然後，他的臉竟然緩緩地轉變成兒子的笑容。他對我輕輕地搖搖頭，彷彿告訴我：「爸爸，千萬不要這麼做喲！」

我整個人當場軟化了下來。是的，我原本就不想炸這輛公車，我是為了老婆跟兒子才這麼做的，現在兒子告訴我該放棄，我就應該聽他的才對。

張維中

五秒之後

我舉起手要將引爆器丟出去投降的剎那，聽見開槍的聲音。

我感覺到皮肉極度的灼熱，接著是劇烈的疼痛，最後才發現胸口汩汩流出的濃稠血液。我的腦子呈現一片空白，像是缺氧般地搖晃起身子，終於，整個人就不支地向車門外緩緩傾倒。

「五、四、三、二、一！」

我看見天空綻放那年的煙火。白雲幻化成了兒子的臉龐，他笑著，伸出可愛的小手，倒數計時迎接我。

我忍不住也笑起來了，伸出雙手。只差一點點，真的只差一點點，只要我再往上漂浮一點點，就快要握住他了。

張維中

文化大學英文研究所碩士。曾獲梁實秋散文獎、中央日報散文獎與小說首獎、教育部文藝創作小說獎等獎項。

著有散文集《流光旅途》，長篇小說《三明治俱樂部》、短篇小說集《501紅標男孩》等書。

三民叢刊 小說精選

（本局另備有「三民叢刊」之完整目錄，歡迎索取）

288 走出荒蕪　楊 明著

每一個人都是獨特的，因此，每一段關係，每一份情感也都是獨一無二，無法複製。這本小說集要告訴你七個屬於「情感」和「關係」的故事，有親人間的矛盾、生命的荒謬與驚喜、愛情的詭譎……

282 密語者　嚴歌苓 著

一張牀上的兩個人，居然像兩顆星，原以為是伸手就可以擁抱的距離，卻存在百萬光年的陌生。最初是怎樣的荒唐，才造成現在同睡一張牀的假象？婚姻不再是結局，而是一則又一則故事的開始……

●其他作品：陳冲前傳、草鞋權貴、倒淌河、波西米亞樓、誰家有女初養成……

248 南十字星下的月色　張至璋 著

南十字星有五顆，只在南半球看得到，跟北極星一樣指引著航海人尋找回家的方向。作者藉著在南十字星下發生的故事，反映了海外移民的一些現象。外國的月亮圓嗎？「香格里拉」是在南十字星的星空下？還是在我們的心中？

229 6個女人的畫像　　莫　非　著

一扇門的設立，是為進出不同的天地與空間，但為何女人卻執守倚立這狹窄的門框？女人的倚閭，是為了在愛中守候，還是因為怯懼而走不出去……

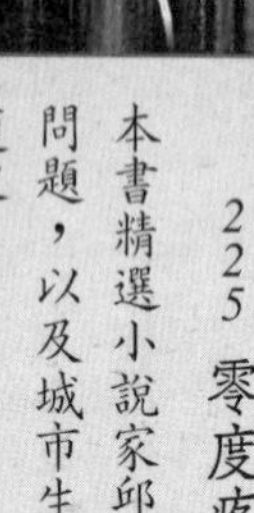

225 零度疼痛　　邱華棟　著

本書精選小說家邱華棟短篇作品，透過對今日城市青年所遇到的情感、道德與金錢問題，以及城市生活對青年人的異化和威壓，探討年輕人的情感困境與精神的無所適從。

212 紙　銬　　蕭　馬　著

惟有自己能綑縛自己，也惟有自己能解放自己。有形的桎梏其實不可怕，可怕的，是無形的束縛……

205 殘　片　　董懿娜　著

人是只生有一個翅膀的天使，只有互相擁抱才能自由飛翔。女性的命運，是斑駁世界最真實而充滿質感的一種折射，對她們飽含意味和深情的關注，就是對生命的一種眷戀和好奇。

●其他作品：葉上花……

190 蝴蝶涅槃 海男 著

一個具有強烈美感的夢遊症患者，踏上尋找的旅途。在歷經視野中出現的三個男人之後，她最終還是徹底失望，回到了自己收藏的蝴蝶標本之中……

●其他作品：銀色的玻璃人、懸崖之約……

168 說吧，房間 林白 著

這是一部關於當代職業女性的小說，表現了她們在社會轉型中所承受的壓力，她們的創傷與隱痛、焦慮與呼喊、回憶與訴說。以精細的身體感受出發，直達當代女性心靈的最深處。

161 抒情時代——「他們」及三個短篇 鄭寶娟 著

戀愛中的女孩子會有的小動作，阿良全都有。她開始幫卡夫卡洗衣服、縫被子、送維他命與全脂奶粉，然後有事沒事，就用那雙迷迷瞪瞪的大眼睛瞅著卡夫卡……

●其他作品：遠方的戰爭、再回首、在綠茵與鳥鳴之間、無苔的花園……

157 黑月 樊小玉 著

戀愛中的女人因原始性的孩子氣被感情慫恿著，便多了幾分放姿和縱情。但無論那放姿怎麼被誇張，她們仍舊是中國人，逃不出骨子裡制約著她們的東西……

155 和泉式部日記

林文月 譯・圖

本書為日本平安時代文學作品中與《源氏物語》、《枕草子》鼎足而立的不朽之作，以簡淨的日記形式，記錄了一段不為俗世所容的戀情。愛情生活中細膩的起伏歡愁，緊扣你我心弦。

●其他作品：京都一年、山水與古典……

152 風信子女郎

虹 影 著

本書帶您進入大陸文學從未深入處理的主題：女人之間的性愛。對女性之愛，作者並沒有一廂情願的浪漫抒情，相反地，她看到中國文化語言中，女性之愛必然遭遇無情的社會壓力。

●其他作品：帶鞍的鹿、神交者說……

151 沙漠裡的狼

白 樺 著

在這本書裡，不管是在創作形式或故事內容上都呈現出作者多樣化的寫作風格。作者藉由各個小說中所描繪的人與動物的深刻關係，表達出他對於現實中人性的本質、時代的迷失的深沉告白。

●其他作品：流水無歸程、陽雀王國、哀莫大於心未死、遠方有個女兒國……

黃昏過客
沙 究著

37 黃昏過客

沙 究 著

「當我搭乘公車，敞開的車窗沒有風滲進……。」「為樸素心靈尋找一些普通相的句子」，這是作者在獲得時報短篇小說推薦獎時對他的寫作的感言，其作品就是最好的實踐。本書將帶領您從浮生眾相中探索人類心靈的面貌。

國家圖書館出版品預行編目資料

下一站,天堂:公車劫持事件簿/紫石作坊主編.——初版一刷.——臺北市:三民,2004
面; 公分——(三民叢刊:292)

ISBN 957-14-4042-6 (平裝)

857.61 93005638

網路書店位址 http://www.sanmin.com.tw

© 下一站,天堂
——公車劫持事件簿

主　編　紫石作坊
發行人　劉振強
發行所　三民書局股份有限公司
地址/臺北市復興北路386號
電話/(02)25006600
郵撥/0009998-5
印刷所　三民書局股份有限公司
門市部　復北店/臺北市復興北路386號
重南店/臺北市重慶南路一段61號
初版一刷　2004年4月
編　號　S 856680
基本定價　貳元陸角
行政院新聞局登記證局版臺業字第○二○○號

ISBN 957-14-4042-6 (平裝)